KB061734

나를 모르는 사람들에게

주원규
장편소설

나를 모르는 사람들에게

한겨레출판

차례

희생자도 괴물도 아닌

제가 처음으로 '길 위의 친구들'을 만난 이야기를 하려면 아마도 중·고등학교에 다녔을 때로 거슬러 올라가야 할 듯합니다. 저 역시 6년 동안 다분히 위태로운, 경계선 위의 시간을 보냈습니다. 문민정부 출범에 실패한 노태우 정권 시절은 여전히 검경과 군인의 시대였습니다. '범죄와의 전쟁'이란 구호가 공공연히 서울 곳곳의 골목길까지 파고들 정도로 도시의 분위기는 살벌하고 엄숙했습니다. 하지만 당시는 일탈을 일삼는 소위 가출 청소년의 숫자가 기하급수적으로 증가하던 때이기도 합니다. 저 역시 가슴 아프게도 상습 가출 청소년의 일원이었습니다. 이유는 정확히 기억나지 않습니다. 왜 제가 가출을 해야 했는지 지금도 잘 모르겠습니다.

부모님과의 갈등 때문이었는지, 학교 선생님들과의 불화 때문이었는지, 이도 저도 아니라면 학업 성적에 대한 과도한 스트레스 때문이었는지 확실치 않지만 시시때때로, 기회만 생기면 짧게는 하루 이틀, 길게는 일주일까지 이어지는 가출을 시도했습니다.

집을 나오자 막상 갈 곳이 없어 길 위를 떠돌게 된 저는 저처럼 가출한 친구들과 어울렸습니다. 보증금 없이 지낼 수 있는 서울 외곽의 다세대주택 반지하 방에서 그들과 함께 살았습니다. 창문 하나 설치되어 있지 않은, 그래서 1년 365일 내내 빛을 제대로 볼 수 없는 방 한구석에 웅크리고 앉아 꼬박 하루를 보낸 적도 있었습니다.

중·고등학생 시기에 가출한 친구들은 딱히 할 수 있는 일이 없어 돈을 구할 길이 막연합니다. 그러니 지극히 자연스럽게 법의 울타리 바깥에 있는 일에 눈을 돌리게 됩니다. 일반화할 순 없지만, 저의 경험으로 미루어보았을 때, 일주일에서 열흘이 한계가 아닐까 합니다. 그런 상황에서 만약 저처럼 소심한 성격인 데다가 부모가 애를 쓰며 자식을 찾아다니는 경우라면, 가출 청소년은 별 탈 없이 집으로 돌아가게 됩니다.

가정으로 복귀하는 청소년이 그러지 못하는 청소년보다 의식 수준이 높거나 도덕성이 강하다고 보는 시각은 단언컨

대 거짓에 가깝습니다. 제가 집으로 돌아간 이유는 계속 집 밖에서 생활할 용기가 없고 두려워서였습니다. 그리고 앞에서 언급했듯 저를 찾으려는 사람이 있었기 때문입니다. 최소한 찾는 시늉이라도 하는 가족 구성원이나 가출 청소년에게 관심을 갖는 선생님 혹은 관계자가 있는 친구는 집으로, 학교로 돌아갔던 것으로 기억합니다. 즉, 청소년의 의지가 복귀의 결정적인 요인은 아닙니다.

반대로 가족에게 외면받거나 가정이 해체된 친구들 혹은 집 밖보다 집 안이 더 지옥일 수밖에 없는 환경에 있던 친구들은 장기 가출을 감행합니다. 제 경험상 자의 반, 타의 반으로 학교나 집 어디로도 복귀할 수 없는 친구들이 적지 않았습니다. 그들 중 저와 동갑이거나 한 살 위 형이던 남자아이들은 십중팔구 선을 넘어버렸습니다. 폭행, 강도, 아리랑치기, 패싸움, 마약 복용, 장물 취득 및 판매 등 그 시절의 가출 청소년 친구들은 스스로 생존하기 위해 범죄를 저지르거나 범죄에 연루되었습니다. 여자 친구들 역시 마찬가지였습니다. 주로 미성년자 성매매, 폭행, 유흥업소 출입, 장물 취득 및 판매 등의 범죄 혐의가 자연스레 따라붙고 말았습니다.

그렇게 친구들은 보호관찰 처분을 받거나 6개월이나 1년 넘게 소년원이라는 교정 시설에 입소하곤 했습니다. 그렇게 교정과 교화가 이뤄지면 좋았을 겁니다. 아직은 청소년 신분이라 전과 기록이 남는 것도 아니라서 할 수만 있으면 충분히 변화의 계기를 확보할 수도 있었을 겁니다. 하지만 저와 함께 지냈던 친구들을 지켜본 바로는, 대부분 보호관찰을 받는 동안이나 교정 시설을 나온 이후에 또다시 난관에 봉착하여 악순환에 빠졌습니다. 바로 지옥 같은 가족 때문입니다.

1990년대 후반에서 2000년대 초반까지만 해도 체벌은 훈육이 아니라 폭력이므로 금지되어야 한다는 여론이 형성되지 않았습니다. 부모는 아버지, 어머니라는 이름으로 자식에게 폭력을 가하고 고통과 가난을 대물림했습니다. 사회는 가출한 아이들에게 가정으로의 복귀를 명령했고, 반강제적으로 가족과 재회한 친구들은 부모가 그린 지옥도를 답습하거나 완전히 다른 방식으로 전복하며 더욱 심각한 범죄의 굴레로 스스로를 옭아맸습니다.

폭력의 온상인 집을 떠난 이후, 청소년들에게 펼쳐지는 세상은 탈출구가 없고 계속 진화하는 악랄함 그 자체였습니다. 결코 과장이나 비약이 담긴 표현이 아닙니다. 저는 고교 졸업 이후 대학에 들어가고 군대를 다녀오고 사회에 진출하며 사회에서 요구하는 통과의례를 거쳤지만, 친구들에겐 잔혹한 성인식, 슬픈 악의로 가득한 인간 수업이 여전히 진행형이었습니다. 한결같이 고등학교를 중퇴한 가출 청소년은 범죄의 패턴을 더 긴밀하게 습득하고 확장하면서, 급성장한 도시라면 영락없이 허락하는 밤의 시장, 속칭 블랙마켓에 저마다 자리를 찾아 스며들었습니다. 가라오케, 노래방, 단란주점, 불법 안마 시술소, 클럽, 라운지, 위스키바 같은 곳에서 고객을 모으는 삐끼 혹은 웨이터로 일하거나, 폭력 조직이나 사채 대부업을 영위하는 이들과 얽히면서 살아남았습니다.

여자 친구들은 대부분 약속이라도 한 듯 유흥업소에서 일하거나, 괴악한 수준의 고리 사채에 발을 담근 경우 성매매 집결지로 끌려들기도 했습니다. 법의 사각지대에 놓인 채 어른으로 성장한 이들을 공권력은 우범 집단으로 분류하기에 급급했습니다. 구속과 계도를 반복하며 그들을 통제하고 정상 사회로부터 분리하는 데에만 노력을 기울였죠.

생존은 인간의 본능인지라, 원하든 원치 않든 사회에서 강제로 추방된 친구들은 스스로 악의 먹이사슬을 만들기 시작했습니다. 남자아이들은 다른 가출 청소년을 자신의 범죄 행위의 규모를 늘리기 위한 행동 대장으로 키웠으며, 여자아이들은 자신도 성매매 산업과 착취의 피해자이면서 집을 나온 다른 여자아이에게 자신의 피해를 전가하며 성매매 시장의 멍에를 씌웠습니다. 그렇게 대도시의 블랙마켓은 끝을 모르고 성장을 거듭했던 겁니다.

저는 20년 가까이 서울의 밤을 지켜봤습니다. 그동안 달라진 것이 거의 없다고 생각합니다. 성매매와 마약 복용이 공공연히 성행하는 도시의 뒤안길에서는, 가족과 학교로부터 버림받은 가출 청소년들이 여전히 '밤의 괴물'로 자라나고 있습니다. 언론이 밤의 시장이 작동하는 원리를 오로지 쾌락과 윤리, 정상과 비정상의 관점에서만 다루고 그에 부합하는 사회 분위기가 형성되는 바람에, 섹슈얼리티를 사고팔며 자본을 증식하는 악의 먹이사슬은 한층 견고한 도그마가 되었습니다.

가족의 의무는 무너져 내린 지 오래이며, 그나마 남아 있던 윤리 의식조차 희미해졌습니다. 인권 같은 진보적 가치가 조롱거리가 된 것 같습니다. 정상성의 범주에 편입되지 못한 이들의 서글픈 비명과 신음은, 주류 집단의 오락거리가 되어버렸습니다. 그리고 저는 주목하지 않을 수 없었습니다. 강의 하구에 모래가 쌓이듯 퇴적된 가출 청소년의 잔혹사의 밑바닥에는, 바로 여성이 있다는 사실에 말입니다.

강남으로 대표되는 밤의 시장의 최전선에서 가장 많이 희생되는 이들은 안타깝지만 여성입니다. 그들은 법의 사각지대에서 최소한의 인권도 보장받지 못합니다. 애초에 한국 사회에서 여성의 사회적 지위가 상대적으로 낮은 탓에, 범죄의 그늘에서 자신의 피해를 바깥세상에 호소하기가 더욱 어려운 것이죠. 그들은 사회에서 이중으로 배제되어 있습니다. 또한 남성이 범죄를 저지르면 빈부 격차 혹은 계급 차별이 원인이라고 설명해주지만, 여성이 저지른 범죄에는 유독 날 선 반응과 차별적인 잣대를 들이밉니다. 이러한 이중의 억압 속에서, 가출 청소년 중에서도 여성은 제대로 된 관심과 공감을 얻지 못합니다. 그저 측은지심을 유발하는 불쌍한 희생자이거나, 비정상적이고 무서운 괴물로 취급될 뿐입니다.

그래서 현장을 찾았습니다. 당사자를 만났습니다. 그리고 취재했습니다. 희생자이면서 동시에 괴물로 여겨지는 친구들의 이야기를 어떤 식으로든 기록해야 했습니다. 그들의 목소리를 들어야 했습니다. 알고 싶지 않아서 애써 외면했던, 우리가 모르고 지나쳐온 이들의 잔혹사를 살펴야 했습니다. 무섭고 끔찍하지만, 더없이 푸르고 순수하기도 한 그들의 세계를 어떻게든 마주했습니다. 해부하듯 목격하지 않을 수 없었습니다. 그래야만 비로소 우리 사회가 직면한 문제의 근본을 들여다볼 수 있지 않을까 하는 마음에서였습니다. 이는 가족의 폭력과 학교의 방임, 성차별, 대중의 무관심이 실타래처럼 엉켜 있는 한국 사회의 폐단을 가감 없이 논의하는 시작점이 될 수 있기 때문입니다.

이 소설은 범죄에 연루된 가출 청소년을 바라보는 시선

에 관한 이야기입니다. 소설은 그 자체로 완결성이 있어야 하고 작가의 말은 소설 뒤에 실리는 것이 보통입니다. 하지만 탈고하고 나서도 하고 싶은 얘기가 남아 있었고, 제 소설을 읽게 될 사람에게 제가 왜 이 소설을 써야 했는지를 미리 알려주고 싶었습니다. 솔직히 제 소설이 가출 청소년을 미끼 삼고 폭력과 착취가 난무하는 밤의 카르텔을 선정적으로 전시하는 작품으로 기억될까 봐 두렵습니다. 그렇지만 저는 현실의 폭력성을 외면하지 않고 기록하고자 하는 의지를 갖고 있습니다. 앞으로도 계속 글쓰기를 통해 우리 사회에서 열외된 사람들을 향한 관심을 거두지 않을 것입니다. 설명할 길 없는 의지의 끈을 붙잡는 작가의 미련함을 아껴주시고 저의 작업을 한 권의 책으로 펴내주신 한겨레출판사 여러분께 머리 숙여 감사의 말씀을 전합니다.

2021년 충무로에서
주원규

아직도 길 위에 서 있을 친구들을 생각하며

바닥 밑에는

지하가 있어

1

누구의 노래인지 잘 모르겠다.

이상한 일이다. 그렇게 구별하기 힘든 멜로디도 아닌데 말이다. 속사포 랩이 이어지는데, 마치 벌에 쏘인 것처럼 툭툭 내 몸 어딘가를 찌른다. 스타일도 리듬도, 무엇보다 가사도 아예 다르다. 다르다는 것을 나도 알고 있다. 그런데 머릿속에선 어지럽게 뒤섞여 마치 한 곡인 것처럼 들리고 만다.

왜 이렇게 답답한 생각에 사로잡혀 있는지 모르겠다. 이런 날은 온종일 먹은 걸 전부 게워내기도 한다. 그마저도 먹은 게 없어서 위액만 토해낼 때도 있다.

비명을 지르려고 입을 벌리면 투박한 손 하나가 입을 틀어막는다. 손아귀에 내 얼굴은 여지없이 짓뭉개진다. 순간적으로 코를 파고드는 냄새가 있다. 아주 비릿한 냄새다. 생선 썩는 냄새와 비슷한데 뭐라 말하기 어려운 냄새. 콧구멍으로 훅 들어와 머릿속을 헤집더니 몸에 남아 있는 기운을 죄다 뽑아 가버리는 지독하게 역하고 질긴 냄새다.

남자의 다른 손이 팬티 속으로 들어온다. 다물어진 입에서는 아무 소리도 새어 나오지 못한다. 그러면서 이딴 생각에나 잠기는 것이다. 머릿속에서만 맴도는 생각.

'아, 씨발. 그래서 누구 노래냐고!'

눈을 감으면 예전에 화면에서 본 남자 아이돌의 화려한 무대가 어둠 속에서 계속 재생된다. 이것도 참 이상한 일이다. 공작의 깃털처럼 멋지게 펼쳐졌던 군무가 지금은 마구 뒤엉킨 벌레처럼 끔찍하게 느껴진다. 애시그레이로 염색하고 나온 최애 멤버의 부드러운 머릿결을 봐도, 머리카락이 흩날리는 모습을 봐도 아무 감흥이 없다. 모두 화장이 허옇게 뜬 것처럼 보이고, 춤추는 모습은 구체관절인형처럼 어색할 뿐이다.

소리와 화면이 서서히 분리된다. 그들의 노래와 춤, 제스처가 전혀 어우러지지 않는다. 싱크로율을 맞춰보려고 노력해도 아무런 소용이 없다. 소리와 빛, 울림과 색깔이 제멋대로 뒤섞인다. 주방 세제 거품을 빨아 먹은 것처럼 속이 울렁거린다.

20

너는 내 귀걸이, 내 슈퍼 카.

함께 달려 붐붐.

이 세상은 전부 마이 펜트하우스.

이곳에선 모든 게 다 이뤄질 거야.

너는 지구를 도는 달처럼 나만 바라보면 돼.

가사를 듣다 보면 평범한 내용인 줄 알았는데, 어느 순간 느끼하게 들린다. 왜 사람보고 귀걸이라고 하지? 왜 모든 게 이뤄질 수 있다고 하지? 질문이 끝없이 이어진다. 화면 속 인형 같은 사람들이 왜 웃고 있는지 모르겠다. 토할 것 같은 기분이 다시 몰려오면서 눈이 떠진다. 남자가 덤프트럭 같은 무지막지한 몸으로 내 몸을 깔아뭉개고 있다.

의식은 가물가물한데 통증만 강해진다. 통증은 마치 처음 남자가 손을 뻗던 그날 밤, 말대꾸한다는 이유로 뺨을 얻어 맞았을 때와 비슷하다. 도망치기 위해 안간힘을 쓰다 기어이 팔과 발목에 까만 멍이 든 그날. 이놈의 통증은 시간이 지나도 익숙해지지 않는다. 오히려 더 아프고 무섭다.

비린내 나는 손으로 입이 틀어막힌 데다가, 몸까지 짓눌리니까 정신이 갈수록 아득해진다. 눈을 부릅뜨려고 해도 자꾸만 저절로 감기자, 남자가 이상한 낌새를 차리고 내 입에서 서둘러 손을 뗀다. 그리고 경고한다.

"그러니까 소리 지를 거면 섹시하게 하랬지. 먹따는 소리 내지 말고."

욕하지 않은 걸 감사하다고 해야 하나. 짧은 머리에 푸른 빛 머금은 용 문신을 등허리에 새긴 남자에게 알아들었다는 뜻으로 고개를 끄덕인다.

남자는 내 두 귀에 꽂은 이어폰 중 하나를 빼서 자신의 귀에 꽂아본다. 그사이 남자의 성기에서 갑자기 끈적이는 액체가 쏟아진다. 아직 방심하기엔 이르다. 남자의 몸짓은 계속된다. 이제 그만하라고 말하고 싶은데, 남자가 또 입을 막는 바람에 그럴 수 없다.

왜 노래는 아직도 안 끝났지. 남자 아이돌의 랩은 반복 재생 해둔 것처럼 이어진다. 그들은 자신이 얼마나 잘난 놈인지에 대해서만 떠든다. 어떻게든 계속해보려고 애쓰는 남자의 혼잣말이 내 머릿속을 용 문신처럼 휘감는다. 그런데 후반부에 흐르는 멜로디는 지나치게 맑고 어딘지 처연하기까지 하다. 순간, 어떤 감정인지는 모르겠지만, 두 눈이 붉게 달아오르고 눈가에 눈물이 고인다.

*

아빠는 병원 알코올 냄새와 비슷한 소주 냄새를 폴폴 풍기며 예지 앞에 종이봉투를 두었다. 봉투 안에는 햄버거와 감자튀김 그리고 조준 안 된 소변처럼 뚜껑 밖으로 잔뜩 흘러나온 콜라가 있었다.

"자, 낮에 사다 놨다."

아빠는 운동복 바지를 입으면서 예지에게도 후드 티 한 장을 던져주었다. 그때까지 예지는 브래지어도 입지 않은 상태였다. 아빠에게선 술 냄새가 가실 기미가 보이지 않았다. 도대체 몇 병을 입에 털어 넣으면 저렇게 독한 소독약 냄새를 뿜어낼 수 있는가. 예지는 술이 어떤 맛일지 궁금해서 시험 삼아 한 모금 마셔본 적이 있다. 온몸이 타버릴 것 같아 더 이상 입에 댈 수 없었다.

사타구니 사이가 뜨거운 물을 부은 것처럼 아프고 따가웠다. 예지는 콜라를 들고 빨대를 물었다. 머리가 어지러웠다. 콜라를 마시는 순간에도 얼굴이 찡그려졌다. 그때 병째 소주를 마시는 아빠와 눈이 마주쳤다. 일그러진 예지의 얼굴을 아빠가 물끄러미 쳐다보더니 술주정처럼 말했다.

"그래도 니네 엄마보단 낫네."

엄마가 누구지? 예지는 그 엄마가 예지를 낳자마자 실종된 엄마를 말하는지, 지금 옆방에서 한 살배기에게 젖을 물리고 있을 필리핀 출신의 새엄마 수산나를 말하는지 알 수 없었다.

그는 방구석에 등을 기대고 앉았다. 한 손에는 소주병을, 다른 손에는 휴대전화를 들고 동영상을 시청하기 시작했다. 붉게 달아오른 얼굴로 한껏 충혈된 눈알을 굴리며 휴대전화에 고개를 처박고 있었다. 예지는 햄버거를 한 입 베어 물었다. 아빠의 휴대전화에서는 일본 여자의 신음이 흘러나왔다. 예지는 아빠를 물끄러미 쳐다봤다. 딸이 빤히 지켜보고 있는데 그는 아랑곳하지 않고 운동복 바지에 손을 집어넣었다.

예지는 아빠가 설명해주기를 원했다. 어디서부터 어떻게 잘못된 건지, 자신의 잘못을 알고 있는지. 아빠는 진지한 구석이 하나도 없었다. 술에 취해서 그랬다, 니가 딸 같아서, 아니 사실은 진짜 딸이지만, 그냥 한번 장난쳐봤다, 욕정을 다르게 풀 길이 없어 그랬다, 너도 나이 먹으면 이해할 거다. 그는 아홉 살짜리 말썽꾸러기처럼 말을 돌려댔다. 그래도 가족 아니냐면서 빙그레 웃을 때도 있었다. 자기가 저지르는 폭력은 까맣게 잊은 모양이었다. 하긴 그러니까 그도 숨을 쉬며 살아갈 수 있는 것인지 모른다. 예지는 초등학생 때부터 허탈한 표정으로 한숨을 쉴 수 있었다.

'이대로 여기 있을 순 없어.'

결심은 대단한 게 아니다. 비장할 것도 계산적일 것도 없었다. 친아빠에게 상습적으로 강간당하는 예지에게는 말이다.

예지가 햄버거를 다 먹을 때쯤 아빠는 잠이 들었다. 잠을 자면서도 휴대전화를 손에서 놓지 않는 집념을 보여준 아빠. 이 괴물을 더 이상 참을 수 없었다. 예지는 비틀거리며 자리에서 일어섰다. 조용히 뒤꿈치를 들고 집 안을 한번 돌아다녔다.

옆방에 가서 새엄마를 봤다. 수산나는 아이를 재우는 데 성공했는지 곯아떨어져 있었다. 예지는 새엄마와 별로 대화를 나눠보지 못했다.

새엄마가 한국으로 막 시집왔을 때만 해도 집안 분위기가 이렇게 나쁘진 않았다. 새엄마는 2년에 한 번씩 친정에 함께 가자고 아빠와 약속하고 결혼했다. 새엄마는 2년 뒤 300달러를 챙겨 필리핀 사마르에 있는 친정을 방문할 수 있었고, 아빠는 그곳에서 귀한 사위로 대접받았다. 그때 예지는 친가에 맡겨졌다. 새엄마와 아빠가 한국에 돌아왔을 때 새엄마가 얼마나 환하게 웃고 있었는지 예지는 기억하고 있었다. 예지에게 한국말로 더듬더듬 수줍게 말을 걸기도 했다. 하지만 두 번째 친정 방문은 없었다. 아빠는 집 안 어디서든 동영상을 보며 방귀나 뿡뿡 뀌어대는 괴물이 되어 있었다. 새엄마는 우는 날이 많아졌다.

새엄마가 낳은 아이에게 밥도 챙겨주고, 새엄마에게 한국말도 알려줬다면 어땠을까. 예지는 새엄마의 깊어진 주름살을 보며 미안한 마음이 들었다.

'그래도 여기 있을 수 없어.'

마음속 그 말이 송곳처럼 예지를 파고들었다. 순간, 자고 있던 새엄마가 눈을 떴다. 자신을 가만히 바라보고 있던 예지와 눈이 마주쳤다. 예지는 당황한 기색을 감추지 못하며 서둘러 방문을 닫아버렸다.

"아, 씨발."

2

예지가 집을 나온 시각은 밤 10시 20분이었다. 에코백 하나와 카키색 백팩 하나를 메고 있었다. 백팩은 아빠가 철근 작업에 필요한 공구를 넣으려고 영등포시장에서 만 원에 산 것이었다. 골목을 걷다가 마을버스에 올라탄 시각은 10시 50분, 대관람차처럼 완행하는 마을버스를 타고 종착점인 신도림역 1번 출구 앞에 도착했을 때는 12시 55분이었다.

예지는 집에서 벗어나 세 시간을 돌아다녔지만 고작 신도림에 도착했다. 집이 있는 대림동에서 얼마 떨어지지도 않은 곳임을 깨닫자 예지는 절망적인 기분이 들었다. 자신의 인생이 아무리 돌고 돌아도 제자리인 회전의자 같아서였다. 예지는 TV에서 얼핏 본 어떤 장면이 떠올랐다. 귓볼과 코

그리고 심지어 혀에도 피어싱을 한 20대 초반의 아이돌 스타가 예능 프로그램에 나왔는데, 세 시간 뒤에 죽는다면 뭘할 건지 묻는 MC의 질문에 망설임 없이 이렇게 대답했다.

"지금 당장 일본으로 날아가서 개유명한 맛집에서 라멘한 그릇 딱 먹고 최고급 호텔 침대에서 인생 쫑낼 거예요, 존나 간지나게. 됐어요?"

허세로 가득한 남자 아이돌의 대답을 생각할수록 예지는 우울해졌다. 예지는 아이돌과 자신의 세 시간을 새삼스레 비교해보면서 자신이 어디에 발을 디디고 있는지를 알 수 있었다. 다시는 신도림을 벗어나지 말아야겠다는 결심을 굳혔다. 그 아이돌에겐 설령 설산이 펼쳐진 알래스카에 떨어져도 무사히 귀환할 수 있는 능력이 있지만, 자신은 그렇지 않기 때문이었다. 온종일 먹은 것은 괴물이 사다 준 햄버거 뿐이었다.

가방 속에 든 물건은 옷 몇 벌과 샘플 토너와 선크림, 생리대 두 장, 어릴 적부터 들고 다니던 다이어리가 전부였다. 예지에게 지갑이 있을 리가 없었다. 이틀에 하루꼴로 막노동을 하며 돈을 벌어 오는 아빠가 자본의 유일한 공급원이었기에 그녀에게 돈은 좀처럼 보기 힘든 희귀 동물이었다. 초등학교를 졸업한 뒤 중학교 교실에는 거의 발을 들여놓지 못해 친구를 사귀지 못했다. 한때는 예지의 활발한 성격 덕분에 신도림과 대림에 사는 초등학교 친구 몇몇과 계속 연락하고 지냈다.

그들에게 돈을 빌려 피시방에서 하룻밤을 새우던 날도 있었다. 수북이 쌓여 있던 담배꽁초 무덤이 떠올랐다. 흡연석이 사라졌는데도 그곳은 잿빛 연기가 자욱했다. 신도림역 주변을 어슬렁거리며 예지는 이번에도 피시방을 생각해봤지만 이젠 그럴 수 없었다. 중학교를 그만둔 뒤에는 친구들 대부분이 연락을 받지 않았다. 그런 친구 집에 느닷없이 들어가 신세를 지긴 힘들었다.

예지에게 남은 선택지는 한 곳뿐이었다. 밤새도록 불빛이 꺼지지 않을 것 같은, 어느새 대형 복합문화쇼핑몰로 변신한 디큐브시티. 그곳도 밤이 되자 유령이 사는 폐건물처럼 음산한 기운을 내비쳤다. 그러나 1층 우측면 전체를 차지한 맥도널드만은 24시간 열려 있었다.

맥도널드 양옆의 벽면에 스프레이로 뭔가를 잔뜩 적은 흔적들은 죄다 예술일까. 바스키아 스타일의 팝아트 물결이 한차례 휩쓸고 간 자리에는 필연적으로 즉흥으로 휘갈긴 낙서가 가득하다. 예지가 맥도널드에 발을 들여놓았을 때 맡은 것은 깔끔하게 가공된 냄새가 아니라, 지저분한 길거리에서 풍기는 날것의 냄새였다. 맥도널드 벽면의 낙서처럼 갈 곳 잃은 사람들이 내뿜는 분방한 기운이었다.

100여 평 남짓한 공간이라면, 게다가 그 장소가 하루 유동 인구만 50만 명에 육박하는 서울 지하철 2호선 신도림역 앞 맥도널드라면 소음으로 꽤나 시끄러울 만하지만 예상과 다르게 새벽 1시의 맥도널드는 지독할 만큼 고요했다. 예지는 24시간 오픈하는 맥도널드 매장의 오른쪽 구석 자리에 앉았다. 온몸에 찬물을 끼얹은 듯 예지는 어색함을 느꼈다.

　커다란 공간에는 의자가 빼곡히 들어차 있었다. 20대에서 50대에 이르기까지, 인간 시장이라 할 만큼 다양한 연령대의 사람들이 다닥다닥 앉아 있는 곳. 예지는 이런저런 남자들의 끈질기게 이어지는 시선을 애써 회피했다. 어딜 쳐다봐야 할지 몰라서 손에 쥔 휴대전화의 빈 화면에 시선을 묻었다. 휴대전화는 전원이 켜지지 않았다. 액정이 망가져 아빠가 3년 전에 내다 버린 폐품이었다.

　휴대전화를 의미 없이 만지작거리고 있는데, 맥도널드 모자를 삐딱하게 눌러쓴 점원이 예지의 자리로 다가와 테이블에 널린 햄버거 봉지와 감자튀김 찌꺼기들을 치웠다. 자리가 말끔해지자 더 난처해졌다.

　'1000원이라도 있어야 뭐라도 사지.'

　슬슬 예지의 시선이 주위를 향했다. 맥도널드 안엔 유독 이상하리만치 남자들이 많았다. 입구의 양쪽엔 술 취한 3, 40대 남자들이 모여 있었다. 매장 안쪽에는 공사장에 나가

기 전 시간을 때우는 것처럼 보이는 작업복 차림의 남자들이 대부분이었다. 여자들도 있었다. 요란한 화장에 반짝이는 액세서리로 치장한 50대 이상으로 보이는 아줌마들이 홀로, 때론 두세 명씩 짝지어 앉아 있었다.

그리고 마지막으로 교복을 입었는데 교복처럼 안 보이는 세 명의 어린 여자애들이 예지 근처에 있었다. 예지는 또래 같은 그들에게 호기심이 일었다. 말을 섞어보고 싶었다. 학교를 쉰 지 오래된 터라 예지에겐 친구가 필요했다. 이곳을 벗어나고 싶어 하면서도 누군가 자신을 불러주기를 기다렸다.

그러나 그들은 예지를 보며 입가에 비웃음을 한가득 머금었다. 다리를 꼬고 앉아 파마를 하다 만 것처럼 부스스한 머리카락을 손으로 동그랗게 말고 있었다. 예지는 그들과 눈이 마주치려 하자 곧바로 눈을 피했다. 왜 교복 입은 여자애들의 시선을 피해야 하는지 알지 못했다. 단지 서늘한 느낌이 들었을 뿐이었다. 예지는 그들에게서 도망치고 싶었다. 본능적인 직감이었다.

결국 맥도널드를 빠져나오는 쪽으로 마음이 기울었다. 가방을 들고 일어나려 할 때였다. 어떤 남자가 예지의 테이블 앞자리에 가만히 앉았다. 예지는 그를 보며 흠칫 놀랐다. 바로 눈을 마주칠 수 없었다. 버릇처럼 속으로 중얼거렸다.

'배가 많이 나왔네.'

예지의 생각대로 남자는 배가 많이 나왔다. 체크무늬 셔츠에 양복바지를 입었는데, 배가 셔츠를 찢고 나올 기세였다. 예지는 테이블에 올려놓은 남자의 두 손을 바라봤다. 털이 많고 조금 작았다. 손톱에는 시커먼 때가 끼어 있었다. 남자의 시선은 처음부터 예지의 얼굴과 가슴에 꽂혀 있었다. 그가 입을 열었다.

"알고 왔지?"

예지가 그제서야 슬며시 고개를 들었다. 곱슬머리 남자의 큰 얼굴이 유난스럽게 번들거렸다. 기름때가 묻어 있는 듯했다. 광택이 나는 남자의 얼굴을 바라보며 예지는 얼떨결에 고개를 끄덕였다. 사실은 아무것도 모른다, 뭐가 뭔지. 왜 남자가 자신의 맞은편에 앉았는지. 이게 지금 무슨 상황인지.

주위를 둘러본 남자가 뒷주머니에서 지갑을 꺼내 만 원짜리 지폐 여섯 장을 펼쳐 보였다. 그리고 천천히 예지 앞으로 밀었다.

"순서는 대충 이래. 먼저 여섯 장."

"여섯 장?"

"6만 원."

6만 원이란 말에 예지는 의아해하는 표정을 지었다. 남자는 예지가 액수에 불만이 있다고 판단했는지 서둘러 말을 덧붙였다.

"끝나면 여섯 장 더 줄게."

전부 새 돈이었다. 구김 하나 없는 빳빳한 세종대왕 여섯 명이 예지의 눈에 들어왔다. 손만 살짝 뻗으면 그 돈을 움켜 쥘 수 있었다. 하지만 예지는 선뜻 행동하기를 망설였다. 남자가 주위를 둘러보며 다그쳤다.

"쪽팔리게 빨리 안 챙기고 뭐 해!"

"근데요, 아저씨."

"씨발, 대놓고 아저씨래."

예지가 돈을 운동복 바지 주머니에 밀어 넣으며 물었다.

"이거 왜 주는 거예요?"

*

'아, 6만 원 괜히 받았네……'

예지는 순간 눈에 뵈는 게 없어 돈을 냉큼 챙겼지만 차츰 어떤 상황인지 가늠할 수 있었다. 어쩐지 일이 너무 술술 풀린다 싶었다. 남자는 예지가 돈을 받자마자 예지의 손을 덥석 잡았다. 맥도널드를 빠져나온 뒤 복합쇼핑몰의 문 닫은 매장, 그 뒤편에 자리 잡은 후미진 남자 화장실로 들어갔다. 잠깐 얘기나 하자고 해서 붙잡혀 나왔지만, 예상했듯 미심쩍은 움직임이었다. 예지는 본능적으로 도움을 줄 사람이

33

있을지 주변을 기웃거렸다. 새벽 2시 반, 불 꺼진 매장들은 어딘지 우울함을 머금고 있었다.

어쩌면 잘못 생각하고 있는 것일지도 몰라, 하고 예지는 생각했다. 아빠가 사준 불고기버거 세트가 5000원짜리임을 생각하면 6만 원에 추가로 6만 원을 받는 게 꽤 괜찮은 거래일지도 몰랐다. 초등학교 6학년 때, 예지는 아빠가 생지랄을 떠는 바람에 집에서 나온 적이 있다. 겨우 5000원으로 사흘을 버텼다. 지금은 상황이 달랐다. 그때도 아빠가 변할 거라는 기대는 없었지만 그래도 집으로 돌아가야 할 것 같았다. 그러나 지금 예지는 더 이상 돌아갈 곳이 없었다. 돌아가고 싶지 않았다.

하지만 남자의 행동은 예지에게 조금 무서웠다. 남자는 예지를 남자 화장실의 칸막이 안으로 밀어 넣었다. 변기 뚜껑을 닫고 예지의 어깨를 붙잡았다. 어깨에 전해진 그의 손아귀, 남자 화장실의 알싸한 냄새가 예지에겐 너무 낯설었다. 남자는 익숙하게 바지 벨트를 끄른 다음, 아이를 타이르듯 말했다.

"자, 아저씨 걸 사탕 빨듯 물고 있으면 돼."

조용히 목소리를 깔았지만 저속한 목소리였다.

예지는 어떻게 해야 할지 몰라 주저하다가, 남자가 머리를 짓누르며 윽박지르자 마지못해 그의 성기를 입에 넣었다. 아빠의 성기를 입에 물 때 나던 비린내가 풍겼다. 역한 느낌이 머리끝까지 올라왔다. 예지는 그냥 견뎌보기로 했다. 바지에 욱여넣은 6만 원을 생각해서라도…….

"못 하겠어요."

"뭐? 왜 이래, 이제 와서."

"아, 글쎄. 못 하겠다고요."

예지는 화장실 칸막이 문고리를 잡으려고 손을 뻗었다. 남자는 예의 손아귀로 예지의 팔목을 붙잡았다.

"쌍년이, 어딜 도망치려고."

예지가 벗어나려고 몸부림칠수록 남자와의 힘 차이만 드러났다. 밀폐된 공간에 둘만 있다는 사실이 더욱 큰 공포로 다가왔다.

'찰칵.'

그때 카메라 촬영 소리가 들렸다. 예지는 저도 모르게 고개를 들어 천장 쪽을 바라봤다. 칸막이 위로 빼꼼 고개를 내민 여자 세 명이 보였다. 교복인지 사복인지 분간 안 되는 옷을 입고 있던 맥도널드의 여자 셋. 그들이 예지와 성기를 내밀고 있는 40대 남성을 보고 있었다. 천연덕스럽게 비웃음 섞인 표정을 지으며.

"너희 누구야? 불법 촬영인 거 몰라?"

남자가 괜히 큰소리치자 무리의 리더로 보이는 히피 펌

머리를 한 여학생이 답했다.

"현장 적발이거든요. 미성년자 성매매 하면 바로 깜빵 가요."

"쌍년이 개소리하네. 너네들 한 세트 아냐? 패거리로 몰려다니면서 나 같은 소시민 못살게 구는."

"세트는 맨날 가서 상하이치킨버거 세트나 찾으시고요, 아저씨."

히피 머리는 자신의 유머 감각에 만족한 듯 피식 웃고는 말을 이었다.

"지금 당장 꺼지시면 사진은 지워드릴게요."

"그걸 어떻게 믿어."

"싫음 경찰서 가시든지."

남자는 칸막이에서 나와 "이거 어디 따로 저장해논 건 아니지?"라고 재차 물으며 황급히 화장실에서 떠났다.

"나 원 참 더러워서."

남자가 내뱉는 찌질한 음성이 멀어지는 것을 들으며 예지는 마음속 깊은 곳에서 웃음이 터져 나오는 것을 참을 수 없었다. 주머니에 6만 원이라는 거금이 남아 있었기 때문이다.

3

눈에 푸른빛이 감도는, 못생긴 고양이를 닮은 눈동자를 희번덕거리는 여자아이. 히피 펌을 한 그 아이가 예지에게 다가갔다.

"너, 처음이지?"

히피 머리는 다 알고 있다는 듯 웃음을 흘리며 말했다.

"구해줘서 고마워."

"뻔한 소리는 됐고. 돈 벌어보니까 좋냐."

"엉, 겁나 좋아."

예지는 주머니를 만지작거리며 바보 같은 웃음소리를 냈다.

"병신, 좋댄다. 너 집 나왔지?"

히피 머리가 머리 한쪽을 배배 꼬면서 말했다. 예지는 대답을 못 하고 한참을 머뭇거렸다.

"너 나 아냐?"

예지가 고개를 가로저었다.

"난 너 아는데. 예지, 서예지."

히피 머리는 담배에 불을 붙였다. 매캐한 담배 연기가 확 예지의 얼굴에 쏟아졌다.

"존나 연예인 이름 서예지. 근데 엄마는 존나 구린 필리핀 년이잖아."

"다문화 년이었음?"

히피 머리의 왼편에 서 있던 여자아이가 말을 거들었다.

"아까 구해준 건 고마운데, 우리 친엄마 아니거든? 관심 좀 그만 가져줄래."

"와, 이년 싸가지 보소. 역시 못생긴 년은 도와줘봐야 아무 소용 없다니까."

이번엔 히피 머리의 오른편에 있던 여자아이가 말을 붙였다.

"누가 누구한테 못생겼대. 저기 거울 좀 보고 와."

예지는 한 순간도 지지 않겠다는 태도로 눈을 크게 뜨고 대꾸했다.

"니들은 조용히 좀 해. 언니 교육 중인 거 안 보여?"

"쏘리."

"서예지, 씨발, 우린 니 애비가 누군지도 알아."

히피 머리가 아빠를 알고 있다고 했을 때 예지의 눈동자
가 흔들렸다. 히피 머리는 예지의 위축된 모습을 즐기며 예
지의 상황이 얼마나 비참한지 설명하기 시작했다.

"니네 아빠 새벽마다 대림동에서 노가다 뛰는 조선족이잖
아. 너는 조선족 남자랑 필리핀 여자 사이에서 태어난 아이.
초등학교도 5학년 때부터 거의 못 다녔고. 대림동이나 신도
림역 근처를 어슬렁거리는 열다섯 살 여자아이."

그게 걸그룹 멤버 같은 이름을 가진 예지를 설명하는 표
현의 전부다. 히피 머리는 그런 예지를 한심하게 생각하면
서도 친근하게 흘겨보며 말했다.

"솔직히 불어, 너…… 집 나왔지?"

"……."

"말 안 해? 아까 저 배 나온 아저씨 좆, 니 입으로 처넣는
거 다 봤는데, 이제 와서 모범생 코스프레라도 하려고?"

무섭다.

쟤네는 어쩜 그렇게 잘 알고 있는 거지. 예지는 히피 머리
가 자신을 전지적 시점으로 꿰뚫고 있는 것 같았다. 가슴 한
구석이 싸늘해졌다. 집에서 나왔다고 말하기는 쉽다. 그게
사실이니까. 그런데 왠지 그 사실을 밝히면 히피 머리 년이

어떤 짓을 벌일까 봐 두려웠다.

그때 예지에게 떠오른 것은 역한 비린내가 나는 아빠의 시커먼 몸이었다. 팔뚝 전체를 덮고 있는 기괴한 문신. 집 안을 휘감고 있는 쿰쿰한 냄새. 신기하게도 아빠 얼굴은 생각나지도 않았다. 사람인지 개새끼인지 분간도 안 된다. 좋아하던 남자 아이돌의 랩 가사가 희미하게 들리던 순간은 분명히 기억난다. 그때를 생각하자 진절머리가 나서 예지는 머리를 세차게 휘저었다.

"앞으로 갈 데는 있어?"

히피 머리는 과연 노는 무리의 리더답게 노련하게 질문의 방향을 바꿨다. 예지가 가출했다는 것을 기정 사실화한 뒤 물어본 것이다. 예지는 저도 모르게 막막해져서 대답이 튀어나왔다.

"잘 모르겠어."

"쉼터 들어가봐."

히피 머리가 낄낄거리며 말했다. 예지는 전에도 집을 나왔을 때 청소년 보호시설 쉼터의 문을 두드린 적이 있다. 쉼터에서는 아이를 데리고 있다는 사실을 부모님께 우선적으로 알리는 게 매뉴얼로 정해져 있었다. 예지가 울며불며 떼를 썼지만 쉼터 선생님들은 어김없이 집으로 연락을 취했다. 그때마다 아빠는 예지를 맡겨놓은 짐처럼 찾으러 왔다.

예지는 아빠의 손에 붙잡혀 바닥에 질질 끌려 나갔다.

"몇 번 가본 거 같은 눈친데?"

예지는 궁지에 몰린 생쥐였다. 순순히 포획될 수밖에 없는 처지. 방금 전 거울이나 보고 오라던 기세는 보기 좋게 푹 죽어 있었다.

"서예지, 너같이 더러운 애는 그런 데서 안 받아줘. 너 받아주는 사람은 우리밖에 없지, 안 그래?"

하필 그때 예지의 배에서 꼬르륵 소리가 났다.

*

"꼬록."

"아니야, 썅년아. 꼬르륵, 이렇게 길었다고."

"꼬로로로로로록."

"꼬르르르르르르르르르르르르르르……."

히피 머리가 이끄는 무리는 예지의 배곯는 소리를 흉내 내며 떠들었다.

"개오바 그만 까, 썅년아."

히피 머리가 왼쪽에 서 있는 여자아이의 뒤통수를 한 대 때렸다.

"청 오기 전에 컵라면이라도 먹으러 갈까?"

히피 머리가 무심한 어조로 말했다. 오른쪽 여자아이가
잽싸게 "콜!"을 외치며 말했다.

"난 라볶이에 치즈스틱."

"입만 고급진 년아, 개비싸. 3900원이야."

"컵라면은 참깨라면이 진리지. 삼김도 먹을 거임, 냠냠."

왼쪽 여자아이는 손을 귀엽게 말아 쥐며 삼각김밥을 먹는
척했다.

"살쪄, 쌍년아."

예지는 배가 고팠다. 허기는 아빠에게 성폭행을 당하고
맥도널드에서 이상한 변태를 만난 이후에도 어김없이 찾아
왔다. 마치 맥박처럼 아직 살아 있다는 신호 같았다.

예지는 화장실 벽면 거울에 비친 그들과 자신의 모습을
봤다. 또래와 함께 있어서 왠지 모를 안도감을 느꼈다. 거울
에 비친 모습만 본다면 다정한 친구 같기도 했다. 더구나 예
지는 또래 친구와 나란히 서 있는 게 아주 오랜만이지 않은
가. 그런데 그들을 '친구'라고 생각해도 될까.

예지는 자신의 배에서 나온 민망한 소리를 따라 하던 이
들이 그리 나쁜 아이들처럼 보이지 않았다. 심하게 짓궂고
입이 험하지만, 새벽녘 남자 화장실의 냉기를 혼자 온몸으
로 받아내야 하던 조금 전과 비교하면, 그들과 함께 편의점
으로 걸어가는 길에선 포근한 기분마저 들었다.

6월 말, 새벽 3시의 신도림역 앞은 고요했다. 환한 불빛으로 빛나는 편의점도 고요하긴 매한가지였다. 파라솔 하나에 자리를 잡고 여자아이 네 명이 둘러앉았다. 히피 머리만 편의점에 들어가 컵라면을 사 와서는 그들에게 컵라면을 하나씩 나눠 줬다. 예지는 마지막으로 자기 몫이 주어졌을 때 말없이 고개를 꾸벅거렸다.

잠시 후 예지의 앞에는 깨끗하게 비워진 컵라면 용기 세 개가 차곡차곡 쌓였다.

"얘 벌써 세 컵 먹어치움."

"장래희망 먹방 유튜버라고 해도 쌉인정."

"얜 못생겨서 아무도 안 봄."

"거울 봐, 쌍년아."

아이들은 네 개째 컵라면을 먹는 예지를 신기하다는 표정으로 지켜보며 대화를 나눴다. 예지는 컵라면에 코를 박고 고개를 들지 않았다.

"청이 우리끼리만 먹었다고 삐지면 어쩔?"

"몰라. 야, 서예지. 너 청 오면 존나 잘해라. 벅벅 기라고."

히피 머리는 예지에게 벌써 열 번도 넘게 청에 대해 당부를 거듭했다.

컵라면을 먹고 나자 예지는 잠이 쏟아졌다. 화장실에서 겪은 일이 까마득하게 느껴졌다. 자기가 지금 죽은 건지, 살아 있는지도 헷갈릴 정도였다. 하지만 예지는 곧바로 정신을 차릴 수 있었다. 처음엔 새벽안개처럼 희미하던 눈앞의 세계가 또렷해지기 시작했다. 이유가 있었다. 모골이 송연해지는 긴장감이 비수처럼 가슴에 빠르게 꽂혔다. 남자 화장실 입구에서 있는 폼, 없는 폼 끝내주게 잡으며 서 있는 어떤 남자 때문이었다.

170이 겨우 넘으려나. 여자아이치고 키가 큰 편인 예지보다 더 작아 보였다. 자신이 아이돌이라도 되는 줄 아는지 흰 피부에 머리를 샛노랗게 염색하고 코에 피어싱까지 한 채 팔짱을 끼고 있었다. 그는 예지를 물끄러미 쳐다보았다. 예지는 잔뜩 긴장했다. 컵라면을 먹는 내내 히피 머리에게 귀에 못이 박히도록 들은 이름의 주인공이 나타난 것이다.

청…….

4

해 뜨기 전 새벽 4시 반은 하루 중 가장 어두운 시간이었다. 해가 지기 전에 집에 들어가는 아이들도 있지만, 해가 뜨기 전에 집에 들어가는 아이들도 있다. 편의점에서 야식을 먹은 이들이 그랬다. 청은 그만 자리를 털고 일어나자고 했다.

"야, 이제 가자."

여자아이들이 일제히 일어섰다. 예지만 어디로 가야 할지 몰랐다. 청이 말한 '야'에 자신이 포함되는지 궁금했다. 일어나지도 앉지도 못하고 엉거주춤한 자세로 있는데, 청이 말을 건넸다.

"서예지라고? 너도 가야지."

"응?"

"우리 집으로 가자고."

예지는 그제야 안도가 되었다. 여자아이 세 명이 멀찍이 앞서 걸어가고 예지는 그들을 뒤따라갔다. 어느 순간 청은 예지의 옆에서 걷고 있었다.

"정화가 초딩 때 너랑 같은 반이었다는데 알고 있었냐?"

예지가 멀뚱히 청을 바라봤다.

"저기 거지같이 파마머리 한 애 말이야."

"걔 이름이 정화야?"

"응, 알고 있었어?"

예지가 고개를 가로저었다. 기억이 나지 않는다. 불과 몇 년 전인데, 아무 기억도 없다. 초등학교에 간 기억조차 모호하다. 같은 반에서 누굴, 어떻게 만났는지, 심지어 선생님이 누구였는지도 기억이 나지 않았다. 무슨 일이 있었던 걸까. 예지는 머릿속이 캄캄해지는 지금의 먹먹함이 일시적이길 바랐다.

청은 편의점에서 산 아사히 맥주 한 캔을 들고 가벼운 걸음으로 걸었다. 청은 예지에게도 한 모금 마셔보라며 맥주를 내밀었다.

"술은 약이야. 마셔둬."

청은 나이를 아무리 높게 잡아도 고등학생 정도로 보였다. 그런데 여자를 대하는 말투나 매너가 산전수전 다 겪은 작업반장 느낌을 물씬 풍겼다.

아빠도 작업반장이었는데…….

하지만 예지는 청과 아빠가 머리부터 발끝까지 다르다고 확신했다. 청의 스타일, 그가 입은 신상 신발과 꽤 비싸 보이는 힙한 스타일의 셔츠와 바지. 청은 지나치게 가오 잡는 허세가 있었지만 그 허세조차 있어 보이게 꾸몄다. 무엇보다 청의 목소리가 예지를 안심시켰다. 낮게, 한없이 낮게 가라앉은 목소리. 청의 목소리는 칼끝 위를 걷듯 살 떨리는 일상에서 조금이라도 벗어날 수 있게 해주었고, 덕분에 예지는 조금이나마 숨을 쉴 수 있었다. 그런 청이 더없이 느끼하고 노골적인 눈빛으로 예지를 바라봤다. 코 옆에 있는 은백색 피어싱을 오른쪽 집게손가락으로 만지작거리며.

"니네 엄마, 필리핀 아니지?"

"……?"

"너 그냥 오리지널 한국인이잖아, 아냐?"

예지가 고개를 끄덕였다.

"간만에 따먹기 좋은 얼굴인데……."

"……."

"미안, 말이 심했나?"

혼잣말인지 대화인지, 어느 타이밍에 어떻게 끼어들어야 할지 모르는 예지는 그저 청을 바라보기만 했다. 그제야 오랜만에 누군가를 정면에서 바라볼 수 있다는 생각이 들었다. 예지는 아무 생각도 하지 않을 수 있었다. 청은 자신을 멍한 표정으로 바라보는 예지의 시선을 막지 않았다. 둘은 한참 동안 아무 말도 하지 않았다. 예지는 청을 계속 바라봤다.

청은 예지가 악몽 같은 새벽을 보낸 맥도널드 상가 화장실 쪽으로 고개를 돌렸다. 히피 머리 정화와 정화 옆에 딱 달라붙어 다니는 중학생 여자애 둘이, 걸음이 느린 예지와 청을 화장실 근처에서 기다리고 있었다. 왜 이렇게 늦게 오냐고 물어볼 법도 한데 정화는 한마디 말도 없었다. 예지와 청이 붙어 있는 것을 힐끔거리며 담배를 피워댔다. 예지는 함께 컵라면을 먹을 때와 다르게 갑자기 정화가 냉랭해진 것 같다고 느꼈다.

"예지야."

"……?"

"서예지."

예지를 등 뒤에서 부른 것은 청이었다. 두 손을 모아 깍지를 끼고 걸어와서는 팔 한쪽을 예지의 어깨에 감았다.

"뭐 해, 집이나 가자."

예지는 고개를 돌려 정화를 다시 한번 봤다. 정화는 예지에게 시선도 주지 않은 채 침만 찍찍 뱉었다. 그러나 예지가 뒤돌아선 순간 정화가 자신의 뒷모습을 집요하게 주시하고 있음을 예지도 알고 있었다.

*

　말로는 반지하라고 한다. 배가 산처럼 나오고 늘 슬리퍼를 끌고 다니며 무슨 동네 유지인 것처럼 설치는 부동산 아저씨들은 신도림과 대림, 좀 더 지역을 확장해 구로구 일대의 빌라, 다세대, 원룸에 있는 지하 달방에 절대 '지하'란 말을 붙이지 않는다. 처음엔 '가성비 좋은 방'이라며 그럴싸한 표현을 쓰다가 손님이 직접 방을 보고 싶다고 하면 그제야 단서를 붙이듯 '반지하'라고 부른다.

　현실은 처참하다. 창문이 지상에 반쯤 걸쳐 있는 행운의 지하방도 있지만 대부분 제 기능을 하지 못하고 액자처럼 붙어 있다. 외부에서 들어오는 빛은 한 뼘도 기대하기 어려워 불을 켜놓지 않으면 하루 종일 밤뿐이다.

　신도림역과 영등포역 주변에 형성된, 누가 봐도 지하방인 그 집들에는 누가 살고 있을까. 수많은 사람이 오가는 그곳을 걷다가 예지도 지하방으로 들어가는 이들을 보곤 했다. 대부분의 사람은 오전 9시에서 오후 6시까지 신도림과 영등포 일대에서 일하다 지하철과 버스, 자가용을 이용해 이곳을 떠나버린다.

비슷한 지역에 살고 있어도 고층 건물로 구성된 대단지 아파트나 엘리베이터가 설치된 5층 이상의 신축 빌라에 거주하는 이들은 신도림과 영등포의 진정한 주인이 아니다. 그 일대의 진정한 주인은 나머지 건물에 살고 있는 이들이다. 돈이 씨가 마르고 직업도 변변치 않으며 사회의 구제가 필요한 이들. 그들은 저녁만 되면 땅속으로 몸을 숨기는 게처럼 지하방으로 기어들었다. 젊다기보다 어리다고 해야 할 것 같은 이들도 마찬가지였다. 부모가 대체 어디에 있기에 저런 곳에 모여 사는 걸까 하는 의문이 드는 중학생에서 고등학생 나이대의 아이들. 그들도 신도림역 디큐브시티 뒤편 다세대 원룸촌 지하에 이끼처럼 들러붙어 살고 있었다. 예지가 청의 뒤를 따라 말없이 따라간 곳도 디큐브시티 뒤편에 있었다.

원룸촌 중에서도 비교적 깔끔해 보이는 코발트 색깔의 외벽이 인상적인 건물로 걸어간 청은 과시하듯 손에 쥔 차키를 흔들어 보였다. 빌라 앞에 세워진 흰색 벤츠가 눈에 띄었다. 비좁은 골목을 뚫고 들어온 모양새가 보기에 따라선 꽤 꼴사나웠는데, 청은 자신이 그 차의 운전자임을 자랑하고 싶어서인지 차 리모컨으로 유별나게 차 문을 여닫은 뒤 빌라 입구로 향했다. 청은 슬쩍 뒤를 돌아보며 예지가 자신의 벤츠를 보고 어떤 표정을 짓는지 확인했다. 렌트한 값어치를 가늠해보는 순간이었다.

예지는 청을 따라 가파른 계단을 밟고 지하로 내려갔다. 지하에 들어오자마자 습하고 눅눅한 기운이 콧속을 강하게 파고들었다. 지상과 지하 세계의 차이는 습도에 있는지도 모른다고 예지는 생각했다. 예지는 습한 기운이 전혀 어색하지 않았다. 집에 들어갈 때마다 늘 맡곤 하던 냄새였다.

지하는 총 세 개의 집이 삼각주 형태로 분리되어 있었다. 청은 들고 있는 키 몇 개를 뒤적거리다 가장 구석진 집의 열쇠 구멍에 열쇠를 밀어 넣었다. 철컥 소리와 함께 문이 열렸다. 좁은 공간에 제대로 찌들어 있는, 익숙하지만 늘 역한 담배 냄새가 코를 찔렀다.

"담배 좀 작작 피워라. 창문 좀 열고."

청이 문을 열고 들어가자마자 툭 꺼낸 한마디가 예지는 이상하게 좋았다. 무심코 주절거리는 말이라 해도, 잔소리를 한다는 건 이 상황에 대해 최소한 관심을 두고 봐준다는 뜻이니까. 예지는 청의 그 자질구레한 말들이 싫지 않았다. 가능하다면 청이 자신에게도 한마디, 한마디 잔소리를 쏟아냈으면 하는 마음이 들기도 했다.

집은 아무리 봐도 반지하도 아닌 지하인 데다 열 평을 겨우 넘는 크기였다. 공간을 나누어 거실 말고도 방을 하나 만

51

들어놓았고, 화장실은 싸구려 모텔에서 봄 직한 불투명한 유리막으로 간신히 가려져 있었다. 그게 어떻게 보면 신개념 실내장식 같아 보이기도 했고, 어떻게 보면 옹색한 임시 거처라는 인상을 가중하기도 했다.

청의 말대로 집 안은 담배 연기로 가득했다. 현관문만 열었을 뿐인데, 헛기침이 나올 정도였다. 환기가 되지 않는 비좁은 공간에 담배 연기가 꽉 차 있었다. 청이 벽돌 하나쯤 되는 창문을 참치캔 뚜껑 따듯 열자 지상과 연결된 틈새가 드러났다. 작은 틈새로 아침 햇살이 스며들었다. 아주 잠깐은 실내에 꽉 들어찬 담배 연기가 장엄한 아침 안개처럼 느껴지기도 했다.

그것도 잠시, 예지의 얼굴은 곧 일그러지고 말았다. 창문이 열리자 바로 뒤편에 있는 신도림 역사와 그 주변의 따가운 소음이 밀어닥쳤기 때문이다. 지하 빌라에 보내는 세상의 멸시를 들은 것처럼 귀가 얼얼해졌다.

"뭐 해? 들어와."

청의 명령에 가까운 말에도 예지는 선뜻 발을 내딛지 못했다. 현관으로 들어오긴 했지만, 신발을 벗지 못하고 머뭇거렸다.

거실에 남자아이 세 명이 시체처럼 누워 있었다. 모두 180센티미터에 90킬로그램도 넘어 보이는 육중한 체구가 압도적이었다. 팬티만 입고 잠든 상태였는데, 다리, 팔뚝, 앞가슴, 목덜미, 심지어 손등까지 형형색색의 짐승 문양이 정교한 솜씨로 수놓아져 있었다. 하지만 머리는 달랐다. 녀석들은 하나같이 짤막한 스포츠머리를 하고 있었다.

거실을 차지한 이들을 피해 방으로 시선을 돌렸다. 방 안 엔 어느새 먼저 들어가 있는 정화 무리 세 명과 또 한 명을 포함해 네 명의 여자아이들이 보였다. 두세 평이 안 되는 것 같은데, 네 명이라니.

"들어오라고."

청이 낮고 무겁게 가라앉은 목소리로 말했다.

"좁아서 그래? 그럼 방 말고 여기서 자면 되겠네."

청이 턱 끝으로 가리킨 곳은 바로 창문이 면한 주방 싱크 대 옆이었다.

"대충 잘 수 있지?"

잘 수 있겠냐는 말에 예지가 고개를 끄덕였다. 그런데 바로 그때, 방 안에서 익숙한 목소리가 들렸다.

"왜, 방에 들어와서 주무시라고 하지."

정화는 새벽의 화장실에서와 달리 몹시 뾰로통한 기색으로 말했다. 예지는 새벽녘에 느낀 긴장감이 되살아 났다. 청이 방에서 들려온 목소리를 향해 쏘아붙였다.

"개 같은 년아. 니가 그렇게 비꼬아대는데, 같은 방에서 자고 싶겠냐?"

예지의 시선은 다시 방으로 향했다. 방에서는 벽에 기대고 앉아 담배를 물고 불을 붙이는 정화의 걸걸한 목소리가 섬뜩하게 실내를 울리고 있었다.

몇 시간 전에는 나름대로 히피 펌 스타일이 유지되었지만, 빌라에서 본 정화의 머리는 빠글빠글한 기색이 너무 심해져 있었다. 예지는 정화와 눈이 마주쳤다. 이상하게 한참이 지나서까지도 그녀에게서 눈을 떼지 못했다. 예지를 노려보는 게 분명한 상황, 정화는 예지의 속이 훤히 보인다는 듯 입에 미소까지 머금고 말했다.

"씨발년, 이쁘게 봐줬더니 갈수록 빡이 치네."

청도 담배에 불을 붙이며 말했다.

"둘이 동갑 아냐?"

"그렇지, 갑."

정화가 답했다. 여전히 예지는 방 안에 틀어박혀 퀭한 눈빛으로 자신을 주시하는 정화에게서 눈을 떼지 않았다.

"친구처럼 지내면 되겠네."

"친구가 되려면 먼저 같이 뒹굴며 자는 게 올바른 순서겠네, 그치?"

"……"

"그러니까 방으로 들어와. 냄새나고 시끄러운 창 밑에서

54

처자지 말고."

무슨 담력일까. 현관에서 예지는 신발을 벗었다. 발을 거실로 뻗는 순간, 남자애가 마시다 남긴 게 뻔한 맥주병에 발뒤꿈치가 걸리면서 맥주를 바닥에 쏟았지만, 예지는 그것을 치울 엄두가 나지 않았다.

치킨 포장지, 먹다 남은 피자, 거미줄 쳐진 지하실처럼 액정이 깨진 휴대전화, 빈 담뱃갑, 찌그러진 맥주캔, 바닥에 아무렇게나 널브러져 있는 두루마리 휴지와 거기에 덕지덕지 묻어 있는 정액의 흔적. 예지는 그것들을 치우지 않고 그대로 걷어차며 방 안으로 들어왔다. 거실에서 요란하게 코를 골며 잠들어 있던 남자 녀석들과 달리 방 안의 여자아이들은 정화를 포함해, 아무도 눈을 감고 있지 않았다. 정화 옆에 웅크리고 앉아 있던 셋은 예지의 눈에 아무리 높게 쳐줘도 초등학생 이상으로 보이진 않았다. 정화가 문 앞에 선 예지를 올려다보며 말했다.

"까놓고 말해."

"뭘?"

"너 그새 청한테 꼬리 쳤냐."

말을 마친 정화가 약간 입을 벌리고 혀를 슬며시 내밀었다.

"씨발…… 필리핀 다문화 년 주제에."

55

"솔직하게 말해?"

"꼴리는 대로."

"너 이러는 거 좆같애."

예지의 말을 듣자마자 정화가 고개를 두어 번 끄덕인 뒤 담뱃불을 벽에 지지고 껐다. 예지가 침을 삼켰다. 좆같다는 말을 정화가 듣고 난 뒤에 어떻게 나올지 슬그머니 두려워졌다. 하지만 왠지 같이 잠을 자야 한다면, 좀 세게 나가는 것도 나쁘지 않을 것 같았다. "좆같다"고 말하는 게 어때서. 방문 밖에 선 청은 정화와 다르게 아직 담배를 피우는 중이었다.

정화가 바닥을 뒹구는 종이컵 하나를 손에 쥔 뒤 가래침을 걸쭉하게 뱉고는 다시 예지를 쳐다봤다. 예지의 이마엔 식은땀이 맺혀 있었다. 하지만 이어지는 정화의 한마디가 예지를 절로 자유롭게 해주었다.

"당연히 좆같겠지."

예지가 말했다.

"나 자고 가도 돼?"

"그것도 당연하지. 네가 여기 아니면 어디서 자겠어. 근데 말이야."

어느새 예지는 정화처럼, 이곳에 머무는 여자애들처럼 벽에 등을 대고 앉아 있었다. 정화는 픕, 웃으며 마치 운명을 들여다보는 점쟁이처럼 무게감 있게 한마디를 덧붙였다.

"딱 하나만 명심해."

"뭘?"

"여기서 자는 순간, 각오해야 할 게 많아질 거야."

*

웃음소리가 들렸다. 웃음소리인데 들을수록 기분이 떨떠름해졌다. 예지가 눈을 떴고 그 웃음소리의 이유를 확인하고 싶었다. 어둠 속에서 예지를 둘러싼 정화와 여자아이들이 눈에 들어왔다.

"이제야 깼네?"

정화는 예지의 머리카락에 라이터를 갖다 댔다. 불이 붙었다. 연기가 순식간에 빠르게 솟았다. 예지는 비명도 나오지 않았다. 입이 벌어졌다. 제사를 지내는 것처럼 머리끝에서 향불이 피어오르는 것 같았다. 묘한 냄새가 났다. 머리칼이 타고 있었다. 머지않아 다 타버릴 것 같았다. 모골이 송연해지는 느낌이었다.

"니들 왜 이러는데!"

예지는 뒤늦게 비명을 질렀다. 정화에게 붙어 다니는 두 명의 파마머리 년들이 청테이프를 가져 오더니 예지를 제압

해 청테이프로 입을 봉해버렸다. 예지는 숨도 제대로 쉬지 못하고 머리카락 절반을 태워 보냈다. 아픔을 참는 거야 체질이 됐다. 예지의 이마와 목덜미가 축축하게 젖을 정도로 식은땀이 흘렀다. 히피 머리 정화 년의 희번덕거리는 눈이 무서웠다. 말로 표현하는 게 어처구니없을 정도로 무서웠다. 정화가 말을 이어갔다.

"너 존나 나대, 알어?"

"씨발년아, 가만있어. 저항할수록 노잼이야."

예지가 몸을 그리 움직이지도 않았는데, 파마머리 두 명은 예지의 옆구리를 주먹으로 후려쳤다. 예지의 미간이 일그러졌다. 등이 식은땀으로 젖었다. 정화는 라이터로 머리카락을 태우는 게 지겨웠는지 예지의 브래지어를 확 벗긴 뒤 물고 있던 담배를 가슴 안쪽에 대고 짓이겼다.

"아프냐? 담배빵 처음이야?"

예지가 순진하게도 고개를 끄덕였다. 처음이라고 하면 봐줄 줄 알았지만, 정화는 달랐다. 이번엔 다른 쪽 가슴에 담배를 지졌다. 예지가 고개를 있는 힘껏 뒤로 젖히는 바람에 바닥에 머리가 부딪쳤다. 쾅 소리가 제법 크게 났다.

"니들 이러는 거 청한테 다 말해버릴 거야."

예지는 팔을 뻗어 청테이프를 떼어낸 뒤 말했다.

"이년 완전, 개념 밥 말아 먹었네."

정화는 예지의 뺨을 세게 때렸다.

"네가 청을 봤으면 얼마나 봤다고 지랄이야."

정화는 계속해서 예지를 쳤다. 정화 옆에 있던 파마머리 여자애는 예지의 주머니를 뒤져 6만 원을 꺼냈다.

"이 돈은 압수다."

예지는 얼빠진 표정으로 돈을 바라봤다. 정화는 누워 있는 예지를 발로 밟으며 말했다.

"그리고 이건 신고식이야. 여기 들어온 사람은 다 거쳤어."

그러고 나서 비웃으며 한마디를 덧붙였다.

"청도 그러라고 했고."

*

내가 원래 이렇게 잠이 많았나, 지금 꿈을 꾸고 있는 걸까.

예지는 지하방에 잔뜩 몸을 웅크리고 한참을 누워 있었다. 벽이 보였다. 너무 오랜 시간 담배 연기가 쌓이고 쌓인 탓일까. 원래 백색이던 벽지 색깔이 누르스름하게 변해 있었다. 환하게 날갯짓하는 나비들이 벽지 전체에 촘촘히 그려져 있었다. 벽지를 바라보자 예지는 마음이 차분히 가라앉았다. 심장 박동이 규칙적으로 돌아올 수도 있음을 실감

한 순간이었다. 아빠가 폭력을 저지른 이후 예지는 자신이 뭘 보고 듣는지, 자신에게 일어나는 일련의 상황이 얼마나 끔찍하고 괴기스러운지 아무것도 느낄 수 없었다. 예지는 벽지 속 나비의 날갯짓을 본 후에야 자신에게 주어진 이 상황이 외계인의 지구 침공 같은 황당한 일이라는 걸 깨달았다. 정화에게 맞아서 멍든 부위를 손바닥으로 살살 문질렀다.

다시 눈을 감자 놀라울 정도로 평온한 세계가 펼쳐졌다. 꿈인지 현실인지 모르겠지만, 시간이 멈춘, 아무도 없는 구름 위를 걷는 느낌이었다. 물론 현실의 지하방은 예지에게 이런 식의 평화를 허용하지 않았다. 동면에 들어간 예지를 흘낏 쳐다보면서도 깨울 생각을 하지 않는 남자아이들이 예지가 알아듣지 못하는 욕을 주고받으며 키득거렸다. 요란한 휴대전화 게임 소리, 냄비 긁는 소리, 술잔 부딪치는 소리, 화장실로 달려가 토하는 소리와 방귀 소리까지 들려왔다. 지하 원룸은 소음의 도가니, 혼란의 중심이었다.

그런데도 예지의 심장은 규칙적이다 못해 차분히 가라앉았다. 미동도 하지 않았다. 두 팔로 자신의 무릎을 감싸 안고 눈을 질끈 감으면 어떤 수선스러움에도 동요하지 않을 수 있었다.

예지는 시간이 이대로 멈췄으면 좋겠다는 기대를 품었

다. 꿈도 현실도 아닌 상황이 계속되었으면 좋겠다고. 하지만 계속 잠을 자는 동안 예지의 배꼽시계는 어김없이 꼬르륵 소리를 냈다. 굳어가는 몸 곳곳에서 통증이 올라왔다. 예지가 게으름을 피우는 걸 참다못했는지 정화가 돌연 예지의 등을 걷어차며 발작적인 고함을 질러서, 예지는 눈을 뜰 수밖에 없었다.

"그만 처자고 일어나, 이년아! 이 씨발년은 처자러 온 줄 알아."

하루를 자고 예지는 정화 무리에게 얻어맞았고, 그 뒤에 또 하루하고도 반나절을 꼬박 잠들어 있었다. 중간에 맞은 시간을 제외해도 60시간 동안 같은 자세로 눈을 감고 지낸 것이다.

이틀 반 만에 예지는 동면을 끝내고 밖으로 나왔다. 오후의 신도림역 풍경은 그리 달라진 게 없어 보였다. 역을 오가는 사람들도 활기가 없었다. 모두 정해진 패턴대로 목적지를 향해 빠르게 사라졌다. 너무 오래 잠들었던 탓인지 예지는 묵직한 무언가가 머리를 짓누르는 것 같았다. 예지가 관자놀이를 만지며 인상을 쓰자 편의점 파라솔 맞은편에 앉아 있던 청이 담배 한 개비를 건넸다.

"말보로."

"······."

"깊게 빨면 대가리 쪼개지는 통증이 가라앉을 거야."

"내가 대가리 아픈지 어떻게 알았어?"

"이틀 넘게 한 번도 안 깨고 잤는데, 대가리 안 아프면 그게 병신이지."

"말보로는 처음 펴봐."

"말보로가 최고야. 졸라 클래식해. 간지 쩔고 꿀리지도 않고."

"독해.

말보로를 한 모금 깊게 빨아들이고 나서 예지가 쿨럭거렸다. 쿨럭거리는 예지를 보며 청은 재밌다는 듯 키득거렸다. 청은 파라솔 위에 놓인 컵라면 뚜껑을 열었다. 나무젓가락을 뜯어 예지에게 건넸다. 컵라면은 처음 청을 만났을 때와 같이 세 컵이었다.

"이틀 굶었으니 이번에도 세 개는 먹어야지. 어서 먹어, 붙겠다."

예지는 공손하게 나무젓가락을 받아 들고 다소곳하게 라면을 먹었다. 컵라면을 국물째 비울 때였다. 늦은 오후에도 노숙자나 행려병자 같은 이들이 편의점 근처를 어슬렁거리는 신도림역 쪽을 바라보며 청은 다리를 벌린 채 연신 침을 뱉고 담배를 피웠다. 금연 구역이 많아져서 담배 피울 곳 찾기를 어려워하는 이들과 다르게 청은 벌써 네 번째 말보로를 그 자리에서 피웠다. 담배가 꽁초가 되어 예지가 먹어치운 컵라면 용기에 들어서는 순간, 청이 말했다. 담배 한 대 책상 위에 툭 내려놓듯 무심하게.

"정화랑 정화 쩌리들한테 다구리 당한 건 아니지?"

한동안 라면에 정신 팔려 있던 예지가 할 수 있는 반응은 고개를 끄덕이는 것이었다. 청은 예지를 보며 웃어주곤 했고, 예지도 청이 만족해하는 표정을 보고 싶었다. 예지의 기대는 바로 충족되었다. 예지의 긍정 표시에 청 역시 상기된 얼굴빛을 하고 고개를 살짝 끄덕이며 말했다.

"걔네가 센 척은 심해도 멘탈은 존나 유리 그 자체인 애들이야. 친구끼리 욕도 하고 다구리도 하고 그러면서 크는 거지, 그치?"

예지는 씩 웃어 보이고는 절반쯤 타버린 머리카락을 만졌다. 엊그제 정화가 말한 것처럼 정말 청이 시켜서 그들이 자신을 못살게 군 것일까. 하지만 청은 현재 가장 고마운 사람이었다. 예지에게 잘 곳을 마련해주고 컵라면도 사 주었다. 정화가 심술이 나서 거짓말을 한 것 같기도 했다. 예지는 결국 말없이 미소를 짓고만 있었다.

"썅년들이 존예 얼굴에 씹창을 내버렸어. 씨발년들, 장사할 생각은 않고."

예지는 장사라는 말을 듣자 가슴 한쪽이 뜨끔했다.

"돈 벌어야지."

예지가 고개를 들어 청을 바라봤다. 청은 손톱을 가볍게 물어뜯으며 예지를 흘낏흘낏 바라봤다.

"존나 미친 듯 벌어야 이 개좆같은 헬조선에서 구원받지, 안 그래?"

예지는 청이 꽤 어른스럽다고 생각했다. 예지가 지금까지 봐온 사람들에게선 '세상에서 살아남는다' 같은 말을 들어본 적이 없기에 그랬다. 멋있다는 것까진 아니지만 적어도 삶의 방향을 가르쳐줄 멘토는 될 수 있을 것 같았다. 멘토치고는 겉모습이 지나치게 양아치 같다는 단점이 있지만.

"어렵게 생각하지 마. 정화한테 들으니까 맥날에서도 어떤 아저씨랑 거래하려고 했다며? 그냥 그런 걸 우리가 도와줄 거야. 잠깐 빨아주고 몇십 만 원 땡기는 건데 끌리지 않아?"

"어떻게 도와줄 건데?"

"손님도 잡아줄 거고. 돈 안 내고 튀려고 하는 새끼 있으면 잡아 족치고 그러는 거지."

청은 그 말을 하더니 예지를 정면으로 응시했다. 얼굴을 수색하듯 살펴봤다.

"우리 애들한테 무슨 일이 생기면 꼭 지켜줄 거야."

예지의 눈빛이 불안하게 떨렸다. 예지를 바라보는 청이 입맛을 다시듯 혀를 한번 길게 내밀어 입술을 적셨다. 그리고 물었다.

"컵라면…… 더 먹을래?"

5

　지하방으로 돌아왔을 때 정화는 예지가 걱정한 만큼 위
협적이지 않았다. 욕을 하거나 예지의 몸을 샌드백 삼아 두
들겨 패지도 않았다. 방에 모여 앉은 다른 여자아이들도 마
찬가지였다. 특별히 예지에게 친절한 말을 건네진 않았지만
부러 시비를 걸지도 않았다.

　정화의 손은 분주했다. 약속이 있어 밖에 나가야 하는 모
양이었다. 정화는 한 시간 가까이 거울 앞에 책상다리를 하
고 앉아 메이크업에 열중했다. 예지는 방구석에 웅크려 누워
있었지만 정화가 화장하는 모습이 그대로 시야에 들어왔다.
예지의 눈에 비친 정화는 상당히 진지해 보였다. 하루 중 가
장 중요한 의식을 치르는 모습 같았다.

화장에 몰두한 정화의 표정에선 만족해하는 기색을 엿볼 수 없었다. 오히려 그 반대였다. 거울에 비친 얼굴을 볼수록 그리고 그 얼굴 위에 컨실러, 마스카라, 립스틱 등의 화장품을 덧입힐수록 정화는 더더욱 자신에 대한 불만을 터트렸다.

"씨발, 갈수록 좆같아지네. 섀도잉을 세게 줘볼까."

정화의 얼굴은 예지가 보기에도 못생겼다. 아무 사심 없이 객관적으로 지켜볼수록 더욱 그랬다. 작고 찢어진 눈에 푹 가라앉은 콧등, 툭 튀어나온 입술까지. 정화의 얼굴이 지닌 어색함은 화장을 하면 할수록 도드라졌다. 하지만 예지는 웃지 않았다. 몇 시간 전에 정화의 그 못생긴 얼굴이 보여준 잔인함의 여진이 채 가시지 않은 상태였기에.

"처바를수록 오징어로 돌변하네. 노답이다, 노답."

정화가 혼잣말을 뱉을 때마다 자기 비하가 강하게 풍겨 나왔다. 예지는 고소한 마음에 웃음이 비어져 나왔다.

"야, 꼽냐. 어디서 쪼개, 씨발년이."

거울에 비친 정화와 눈이 마주쳤다. 예지는 시선을 피하지 않고 담담하게 정화를 바라봤다.

"눈 안 깔아? 야, 너 청이랑 만나서 무슨 얘기 했냐. 청한테 가서 처맞았다고 존나 일러바쳤지, 나쁜 년아."

정화가 언성을 높였다.

"그런 일, 하는 거야?"

예지가 차분하게 물어봤다.

"뭐가 씨발, 왜 느끼한 눈깔로 쳐다보고 지랄이야. 눈 안 깔아?"

초등학생 여자아이들은 구석에서 떨고 있었다. 예지는 더 이상 정화가 두렵지 않았다. 정화는 확 튀는 미니스커트 차림에 아이라인은 너무 과했고 입술은 부담스러울 만큼 짙은 붉은색이었다. 거울을 보고 정화가 괴성을 질렀다.

"씨발년, 네가 뭐가 이쁘다고, 청은."

정화는 클렌징티슈를 꺼내 급하게 화장을 지웠다. 베이스부터 다시 발랐다. 정화의 등이 미세하게 흔들렸다. 예지에겐 그 등이 몹시 작게 보였다. 어느 순간부터 정화가 예지의 눈을 피하고 있었다. 예지는 조용히 방을 나갔다.

*

신도림역 1번 출구 쪽에서 지하철 보안요원, 사회복무요원, 경찰이 바쁘게 돌아다니고 있었다. 2호선 지하철이 빠르게 오가는 동안 사람들도 밀물처럼 밀려들고 썰물처럼 빠져나갔다. 예지는 비상문 호출 단추를 눌렀다. 관리 직원에게 플랫폼에 가방을 두고 왔다고 거짓말을 했다. 비상문이 열렸다. 경비가 삼엄한 곳에서 예지는 깜찍하게 무임승차를 했다. 예지는 등 뒤에 청이 어느 보안요원보다 배짱 좋게 서 있다는 사실을 몰랐다.

청은 대담했다. 전자담배이긴 해도 민망할 정도로 과도하게 실내에서 담배를 피웠다. 하얀 연기를 환상 속 동물처럼 뿜어내고 있었다. 그는 담배를 물고 지하철 역사 한구석에서 우두커니 서 있었다. 오가는 사람들은 눈살을 찌푸리며 청을 쳐다봤다. 그러나 청의 코뚜레 같은 피어싱을 보자 아무 말도 못 하고 지나갔다.

예지는 자기가 여기에 왜 왔는지 몰랐다. 청은 집에 있던 예지를 신도림역으로 데리고 왔다. 그러고 난 뒤 방치했다.

막상 지하철역에 오자 예지는 마음이 술렁거렸다. 2호선 순환 열차가 들어오고, 모든 칸의 자동문이 활짝 열렸을 때 예지는 얼른 그 속으로 들어가고 싶었다. 몇 걸음만 옮기면 얼마든지 탈 수 있는 거리였다. 그러면 신도림을 벗어날 수 있었다. 어둠으로 빼곡한 지하방에서도 탈출할 수 있었다.

하지만 예지는 그렇게 하지 않았다. 지하철 역시 그대로 떠나보냈다. 환승역인 신도림역은 출퇴근 시간이 아닌, 애매한 오후 4시에도 줄이 길게 이어져 있었다. 예지는 사람들 사이에 끼어 제자리걸음만 하는 중이었다. 지하철 안전문에 청이 비쳐 보였다. 예지는 고개를 뒤로 돌리지 않고 유리를 응시했다. 자신을 발견했음을 눈치챈 청이 예지를 향해 손짓

했다. 피식, 모든 게 허탈하고 부질없다는 듯 청이 웃었다. 청의 표정은 벌써 인생을 겪어볼 만큼 겪어본 중년 남자와 닮아 있었다.

"도망 가라고 풀어줬는데도 못 가네?"

예지는 아무 말도 하지 못하고 바닥만 봤다.

"그럼 동업하는 걸로 알게."

청은 청바지 왼쪽 주머니에서 주섬주섬 휴대전화를 꺼냈다. 액정이 절반 넘게 깨져 있었다. 청은 변명하듯 말했다.

"이래 봬도 무제한 요금제야. 게임도 밤새워 할 수 있다고."

으흠, 청은 한 차례 헛기침을 했다.

"돈을 버는 방법은 간단해. 이거 봐."

청이 손가락을 액정에 대고 빠른 속도로 터치를 해나갔다. 화면 창을 몇 차례 넘기며 여러 번의 인증 절차를 거쳐 랜덤 채팅 앱에 들어갔다. 예지는 처음 보는 앱이었다. 짐승이 교미하는 모습을 형상화한 실루엣 이미지가 빠르게 뜨고 사라지기를 반복했다. 청은 동시에 뜬 여러 개의 창 중에서 한 곳을 눌렀다. 그러자 게시판이 나타났다. '우리 리그'라는 이름의 게시판에는 실시간으로 새 글이 업로드되고 있었다. 청이 입맛을 다시며 말했다.

"게임하다 존나 지치고, 게임머니 딸리면 약 빤 척하고 이

짐승 새끼들하고 바인딩 몇 번만 해주면 되는 거야."

"뭘 해줘?"

예지가 아무것도 모른다는 얼굴로 물었다. 청이 입술을 씰룩거리며 비열한 미소와 함께 바로 대답했다.

"뭘 모르는 척 쌩까고 지랄이야. 하는 거 말이야."

청은 마치 두 몸뚱이가 결합하는 행위를 흉내 내듯 두 손을 모아 저속하게 비벼댔다. 그러고 나서 예지에게 스마트폰을 쥐여줬다. 뜻을 알 수 없는 자음과 영문자, 숫자만 떠 있는 게시물들이 보였다. 끝없는 나락처럼 스크롤이 내려갔다.

20절대 안 됨, 20이상 올리면 올킬

창녀 같은 것도 안 됨. 순수 강간 각 환영

트리밍 완결 30만 원 보장해줌.

중개수수료 제로. 세팅 중. 대기 바랍니다.

"어차피 씹 파는 거 좀 고퀄로 세팅해주겠다는 거야. 이 새끼들, 존나 허접해 보여도 나름 VIP들만 모였어. 한 번에 30에서 50까지 꽂아줄 수 있다고."

"같이 지내려면 이거 꼭 해야 돼?"

청의 표정이 차갑게 굳었다. 피어싱한 코를 이유 없이 씰룩거리고 혓바닥을 삐쭉 내밀었다. 왠지 모르게 예지를 위협하는 것 같았다. 옅은 한숨을 내쉰 청이 다시 특유의 안정적이고 부드러운 말투로 말했다.

"이건 말이야. 음, 뭐랄까. 프렌드십 같은 거야."

프렌드십? 말뜻을 전혀 알아듣지 못한 예지가 눈만 깜빡이자 청이 피식 웃었다. 그리고 이전의 인자한 표정으로 돌아와 말을 이었다.

"다 함께 지내면서 서로 아껴주고, 돈도 같이 벌고 좋잖아."

"……."

"뒤 봐주는 오빠 있고, 적당히 갈궈주는 친구도 있잖아. 이만큼 안정적인 팸, 빵이 치며 돌아다녀봐라. 헬조선 어디서도 못 찾는다."

바닥에 가래침을 뱉으면서도, 입가에 침이 들러붙어 있어도 청은 하던 말을 멈추지 않았다.

"잘 들어. 재수 없게 강간 각 나와봐. 존나 따먹히고 떨에 쩔어서 침 질질 흘리다 그대로 똥값에 팔리는 거야. 뒤 봐주는 나같이 착한 교회 오빠 없음 그 꼴 난다고. 알아듣냐, 응?"

예지의 코앞까지 다가온 청은 극도의 조증 상태를 보였다. 예지는 아무 답도 하지 않았다. 아무 생각도 할 수 없었다. 머릿속이 캄캄했다. 그나마 남아 있던 사물의 윤곽이, 사물이 품고 있는 고유한 흔적들이 급속도로 새하얗게 휘발되어갔다.

더 이상의 패닉을 막으려고 예지는 열차가 들어오는 곳으로 다가갔다. 그러나 역시 열차 칸에 뛰어들지 못했다. 네 번째 열차가 들어올 때였다. 멍하니 서 있는 예지 앞으로 정화가 나타났다. 예지가 굳은 표정으로 정화를 바라봤다. 정화에게선 예지를 두들겨 팼을 때의 성난 기운을 찾아볼 수 없었다. 기가 죽은 모습도 아니었다. 그저 무감각해 보였다. 모든 것이 불타버린 잿더미 한가운데를 걷는 사람처럼 초연하면서도 절박함이 느껴지는 눈빛이었다. 그리고 한없이 낮은 목소리로 부탁하듯 말했다.

"돌아와."

"……."

"너 안 돌아오면 나하고 우리 애들, 죽어."

"뭐……?"

"그러니까…… 집에 가자."

다섯 번째 열차가 도착하는 중이었다. 정화는 예지가 발을 뗄 때까지 잡은 손을 놓지 않았다.

2장 〰〰〰〰〰〰〰〰〰〰 비즈니스라는

세
계

1

예지와 청이 집으로 돌아온 것은 두 시간 만이었다. 지하방은 신도림역에서 도보로 2분 거리에 있어 잠자는 곳으로 좋았다. 정확히는 잠만 자는 곳으로. 창문을 활짝 열어도 아이 주먹만 한 빛살 하나 스미는 게 자연광의 전부인 지하방이 잠깐 사이에 폭격이라도 맞은 듯 엉망이 되어 있었다.

청은 예지를 앞세워 지하방으로 들어갔다. 문을 열자마자 예지의 머리통을 앞에 대고 혼잣말처럼 조용히 욕설을 뇌까렸다.

"씨발, 얌전히 처먹지. 먹는 것도, 후리고 다니는 것도 다 지저분해."

예지는 청의 갑작스러운 혼잣말에 뒤를 돌아봤다. 청이

혼잣말을 괜히 중얼거린 게 아니었다. 몇 시간 전까지 예지가 자고 있던 그 방에서는 어떤 남자의 목소리가 들렸다. 굵고 거칠며 허스키한 음성이었다. 예지를 따라 들어오던 정화가 현관 앞에서 걸음을 멈췄다. 정화는 소리의 주인공이 누군지 알고 있는 눈치였다. 소리를 듣자마자 그대로 고개를 돌려 집을 나가버렸다.

"청, 형님 왔다. 새끼 빠릿빠릿하게 안 오냐."

예지는 뒤에 선 청에게 억지로 이끌려 신발을 내던지듯 벗었다. 한 걸음, 두 걸음 방으로 걸어가는데 이상하게 방이 가까워질수록 예지는 심장이 쿵쾅쿵쾅 뛰었다. 삽시간에 쓰레기 산으로 변해버린 방. 옷가지가 내장처럼 널브러지고, 색깔별로 정리돼 있던 정화의 화장품이 토사물처럼 쏟아져 있었다.

방의 한가운데에는 책상다리를 하고 앉아 아사히 캔맥주를 꿀꺽꿀꺽 마시는 한 남자가 있었다. 그 남자에게선 뱀의 허물 같은 비릿한 냄새가 났다. 예지는 다짜고짜 정화에게 얻어맞던 그날과는 비교도 되지 않을 정도로 격렬한 긴장이 심장에서 올라오는 걸 느꼈다.

청은 그를 사이판이라고 불렀다. 청보다 나이가 많은지 동갑인지 가늠이 잘 되지 않았다. 사이판은 짧은 스포츠머리에 딱 붙는 검은색 민소매 티를 입고, 그 위에 흰색 나이키

후드 집업을 걸치고 있었다. 엉망이 된 방의 한구석에는 가출한 초등학교 여학생 둘이 웅크리고 있었다. 한 아이는 머리가 험하게 헝클어지고, 다른 아이는 무릎이 심하게 쓸려 있었다. 무릎에 검은빛 핏물이 진득하게 고여 있는 것을 보고 예지는 눈 사이를 한번 찡그렸다.

"아이고, 사이판 형아야. 나오자마자 사고 친 거야?"

"두부 사 오는 줄 알았더니 빈손이네?"

사이판은 피식 웃었다. 그러고 나서 예지 쪽으로 고개로 돌렸다.

"비즈니스?"

예지를 보자마자 사이판의 입에서 흘러나온 말이었다. 청이 조금은 마땅찮은 망설임을 보였다. 그러나 곧 고개를 끄덕였다. 사이판의 홍조 가득한 얼굴에서 희미하고 느끼한 미소가 스치듯 지나갔다.

*

사이판은 자신의 봉고차를 연예인 차라고 불렀다. 9인승 봉고차의 차창은 전면이 짙게 선팅되었다. 검은 커튼까지 쳐져 밖에서는 차에 누가 탔는지 알아볼 수 없었다. 안에 타고 있는 사람도 여기가 어디인지 어디로 움직이는지 좀처럼 감을 잡을 수 없었다. 운전석과 뒷좌석 사이에는 어울리지 않게 붉은 장미 무늬 칸막이가 세워져 있어서 운전자의 모습을 볼 수도 없었다.

사이판의 차에 예지가 혼자 탔다. 청이 함께 가겠다는 것을 사이판이 말렸다. 사이판은 마침 한판 크게 잡힌 게 있다며 형님 놀고 올 테니 대기하라고 말했다. 청은 따라갈 수 없었다.

예지는 깜깜한 봉고차 안에서 마음을 다잡았다. 사이판이 자신을 쳐다보며 침을 뱉듯 지껄인 말을 잊을 수가 없었다.

비즈니스.

그래서일까. 사이판에게 손목을 붙잡혀 지상으로 향하는 계단을 올라갔을 때, 봉고차 뒷좌석에 내동댕이쳐졌을 때, 예지의 목표는 비교적 분명해졌다. 그래, 비즈니스. 청이 말한 대로 돈 버는 일 아닌가.

"청이랑 사업 얘기는 좀 해봤냐?"

예지는 어떻게 대답해야 할지 몰라 가만히 있었다.

"청은 남자 새끼가 쪼다 같아 가지고. 비즈니스를 할 거면 크게 해야지 존나 그릇이 작아. 조건 만남으로 건당 몇십 만 원 찔끔찔끔 받아서 언제 돈 벌려고 하냐. 시스템에 들어가야지."

"시스템?"

예지는 사이판의 입에서 나오는 열기 때문에 왠지 불안했다.

"그래, 시스템. 단시간에 돈을 빨아들이는 시스템에 들어가야 한다고. 언제까지 한 마리씩 미끼 물려가면서 낚시질을 할 거야, 어망으로 확 잡아버려야지. 시스템 깔아놓고 우린 앉아 있기만 하면 된다고. 안 그래?"

허, 예지는 헛웃음이 나왔다.

"청, 그 병신 같은 새끼는 캐시를 확 땡길 수 있는 방법도 못 찾지. 정화같이 면상 씹창 난 년들만 받아주지. 존나 문제였는데, 간만에 한 건 했네."

사이판이 실실 웃을 때마다 예지는 움찔 놀랐다. 사이판은 더 많은 판돈을 향해 점점 더 큰 것을 내놓는 도박에 사로잡힌 사람 같았다.

예지는 깜깜한 뒷좌석에서 눈만 깜빡거렸다. 시간이 얼마나 지났을까. 유난히 둔덕이 많고 구불구불한 골목길을 헤매는 것 같았다. 예지는 영원히 주행이 끝나지 않기를 바랐고, 동시에 밤과 낮도 구분되지 않는 암실에서 얼른 벗어나기를 바랐다. 다음 오르막길을 기다리며 숨을 죽였다. 차는 길고 깊은 어둠 속으로 직진했다.

 봉고차가 멈추자 거칠게 문이 열렸다. 사이판은 저녁인데
도 짙은 까만 선글라스를 쓰고 있었다. 지하방에서처럼 예지
의 팔을 붙잡고 반강제로 하차시키더니 오래된 건물 지하로
끌고 내려갔다.

 습하고 눅눅한 기운으로 가득한 지하실은 신도림 빌라처
럼 담배 연기가 가득했다. 하지만 결정적인 차이가 있었다.
이곳은 족히 60평은 넘어 보일 만큼 넓었다. 그리고 텅 비
어 있었다. 곳곳에 칠 벗겨진 백색 페인트 자국이 인상적이
었다. 한쪽에 이곳 분위기와 어울리지 않는 붉은색 소파가
있었고, 조명판 몇 대가 세워져 있었다. 카메라를 들고 있는
2, 30대 남자 대여섯 명이 웅성거리며 서 있었다.

 예지가 사이판의 완력에 떠밀려 붉은색 소파에 앉혀졌다.
그 순간, 예지는 본능적으로 비명을 질렀다. 선글라스를 바
닥에 내던진 사이판이 문신이 가득한 두 팔을 앞세워 험악하
게 예지에게 달려들었기 때문이다.

 "왜? 이상해?"

 예지는 답하지 못했다. 안 했다가 아니라 못 했다가 정답
이다. 상황을 파악하기도 전에 벌어진 일이었다. 잘은 모르
지만 예지에게 좋은 말을 건네던 선생님, 어른들이 해준 말

이 있었다.

위험한 상황이 생기면 어떻게든 도움을 요청하세요. 소리를 지르거나 112에 전화하면 됩니다. 여러분, 요즘 카톡으로 친구하고 연락 빨리 주고받죠? 빛의 속도로 연락하면 됩니다.

예지에겐 그럴 여유가 없었다. 머리가 텅 비어버린 듯했다. 사이판은 예지가 무슨 생각을 하는지 마치 다 알고 있다는 듯 쳐다보며 미소 지었다. 정말이지 끔찍한 미소였다. 예지가 무슨 수를 쓰더라도 진실을 은폐할 수 있다는 자신감이 입가에서 묻어났다.

남자들도 사이판처럼 별말 없이 휴대전화로 동영상 촬영을 시작했다. 아이폰 렌즈가 쉴 틈을 주지 않고 속도감 있게 움직였다. 플래시 소리가 이따금 터져 나왔다. 사이판이 예지의 브래지어 끈을 끄르며 능숙하게 말을 걸었다.

"얼굴은 안 건드려. 존나 인간적이지 않냐?"

형식은 질문이었지만 마음의 준비를 촉구하는 협박성 통보였다.

"뭐 하는데?"

참다못한 예지가 물었다. 사이판과 처음으로 얼굴 대 얼굴, 눈빛 대 눈빛이 마주친 순간이다. 사납게 번들거리는 사이판의 타원형 눈동자는 럭비공처럼 통통 튀어 올랐다.

"이 쌍년…… 말할 줄 아네."

"뭐…… 하는 거냐고?"

"도발적으로 혀 놀리니까 더 꼴리네. 뭐 하긴. 너 데뷔시켜주는 거지."

"데뷔?"

"한번 입 뚫리니까 존나 시끄럽네. 건방지고."

사이판은 말보로 레드를 꺼냈다. 무슨 정해진 규칙이 있는 것처럼 청과 취향이 똑같았다. 두 개비를 꺼내 입에 물고 모두 불을 붙인 뒤 한 개비를 예지의 입에 갖다 댔다. 예지는 입을 굳게 다물었다. 그러자 한 번 더 채근했다. 붉은 불빛이 예지의 눈앞에서 제법 위협적으로 어른거렸다. 예지가 본능적으로 입을 열었다. 그리고 그것을 무는 순간,

"악!"

예지가 비명을 질렀다. 사이판이 팬티를 벗긴 것이다. 예지는 일어나려고 손으로 소파를 짚었다. 그때 사이판의 주먹이 예지의 머리통과 턱에 차례로 적중했다. 예지가 또다시 비명을 질렀다. 그대로 소파에 주저앉았다. 남자 한 명이 카메라를 만지작거리며 한마디 했다.

"어어, 시작부터 하드코어. 노잼이야."

다른 녀석도 말을 보탰다.

"왁싱도 안 하고 그냥 막 끌고 온 거네. 존나 더럽네."

사이판이 구두를 신은 자신의 오른발로 예지의 허벅지를 찍어 누르며 말했다.

"개좆같은 새끼들아. 닥치고 찍기나 해."

예지의 입에서 검은 핏물이 쏟아졌다. 예지가 고통을 참지 못하고 바닥에 주저앉았다. 사이판이 예지의 헝클어진 머리채를 붙잡았다. 강제로 일으켜 다시 소파에 앉혔다. 예지가 계속 비명을 질렀다. 참았던 욕도 함께 터져 나왔다.

"아, 씨발. 그만해! 그만 밟으라고!"

"그럼 쌍년아! 말을 처들으면 될 거 아니야. 처맞을 일만 골라 하면서 존나 개겨."

사이판은 주먹질과 매질을 이어갔다. 그에겐 폭력이 일상인 것 같았다. 밥을 먹고 지하철을 타고 방뇨를 하는 것처럼. 그의 행동은 일상적인 무정함으로 가득했다. 그래서 더 숨이 막혔다. 평소처럼 식사를 하고 볼일을 보고 있을 뿐인 그를 무슨 말로 설득하겠는가.

"그만해. 이럼 안 되는 거잖아."

"왜?"

"뭐?"

"왜 안 되는데?"

사이판이 천연덕스럽게 예지에게 물었다. 그 순간 예지는 사이판의 두 눈에서 그의 진심을 읽었다. 사이판은 정말로 자신이 뭘 잘못하고 있는지, 뭐가 어디서부터 잘못된 건지 이해하지 못했다. 미성년자의 옷을 벗기고, 두들겨 패고, 비명을 듣는 걸 즐기고, 미성년자의 벗은 몸을 사진에 담는 행위를 지극히 자연스럽게 저질렀다. 그래서일까. 그의 눈빛은 지나칠 정도로 평범했다.

"이러면 안 된다고."

"그러니까 씨발, 왜 안 되냐고?"

예지는 헛웃음이 나왔다.

"내가 말했지. 이거 비즈니스라고."

사이판은 이런 대화를 한다는 것 자체가 성가시다는 표정으로 못을 박듯 이야기했다.

"좋게 좋게 생각해. 수요가 있는 곳에 공급이 따라가야 하는 거고, 넌 지금 배우가 된 거야."

"이게…… 배우라고?"

"배우가 아니면 뭐냐? 그냥 돈 걸고 돈 먹기 하는 거야. 그리고 씨발, 나하고 청이 말이야. 한 가지는 확실히 한다. 그거 알아?"

"뭘 확실히 해?"

"뭐긴 뭐야. 돈 관계지. 너, 먹여주고 재워주잖아. 너 덕분

에 딴 쓰레기 같은 년들도 먹고살고. 그 돈 다 누가 주는 건
데?"

"……."

"이제 머리 좀 돌아가? 그러니까 말 잘 들어라. 이래 보여
도 이거 깔끔한 비즈니스라고."

사이판은 기술적으로 예지의 왼쪽 아래턱을 또 한 번 후
려쳤다. 이번에도 얼굴에는 손대지 않았다. 옆구리와 허벅
지, 발등, 등허리 위주로 주먹질을 했다. 예지는 머리통을 한
차례씩 맞을 때면 주변의 사물 전체가 흔들리는 것 같았다.

"씨발, 곰 같은 년이 맷집 하나는 존나 UFC급이야."

예지는 눅눅한 시멘트 바닥에 다시 쓰러지듯 엎어졌다.
예지 앞으로 사이판의 거친 숨소리가 들렸다. 녀석의 이마
에서 떨어진 땀방울이 예지의 목덜미를 적셨다. 사이판은
책상 쪽으로 걸어가 노트북 전원을 켜고 랜선을 점검했다.
노트북에 장착된 캠으로 바닥에 떨어진 검은 피를 찍었다.
이어서 미동도 않고 바닥에 엎드려 있는 예지를 비춘 뒤 에
어팟을 귀에 꽂았다. 카메라를 들고 있는 남자들에게 명령
을 내렸다.

"야, 야, 사진 그만 찍어. 스너프로 돌리자."

사이판의 말이 끝나기가 무섭게 남자 무리가 카메라를 바

닥과 낡은 캐비닛 위에 내려놓았다. 잠시 후 휴대전화를 꺼내 일제히 동영상 모드로 전환했다. 이제부터는 동영상의 시간이었다. 남자들 모두 예지를 촬영했다. 헤드셋을 착용한 사이판이 바닥에 던져둔 선글라스를 다시 썼다. 말문을 열었다. 방송을 시작했다.

"오늘 조달한 물건은 레알 여신입니다. 발굴하기 존나 난해한 앱설루트에 가까운 상품 가치를 가졌죠."

예지가 고개를 들고 주위를 바라봤다. 굳게 닫힌 철문, 칠 벗겨진 백색 벽면, 덜그럭거리며 돌아가는 환풍기와 선풍기, 공중을 부유하는 대여섯 대의 휴대전화. 남자들의 얼굴은 보이지 않았다. 존재 자체가 보이지 않았다. 그저 육중하고 거친 진흙 덩어리, 질척거리는 늪지대에서 응고되기 직전의 액체들이 흐느적거릴 뿐이었다. 그 와중에도 사이판의 말은 또렷이 들렸다.

"오늘 컨셉은 드디어 강간입니다. 그것도 리얼 강간. 주인 공으론 이 사이판이 직접 나섭니다. 오랜만에 필드 뛰네요."

가장 키 작은 남자가 사이판 옆에서 한마디 거들었다.

"SM은 원래 옵션이지만 오늘은 특별 서비스예요. 기대하셔도 좋습니다."

사이판이 비열하게 웃으며 말을 이었다.

"어시스트가 좀 오버하네요. 오랜만에 리얼 미성년 파티

라서 그런가 봅니다. 알겠슴다! 씨발, 오늘 한번 죽어볼까
요? 빽퇴 없고 기본 머릿수당 100부터 시작합니다."

2

　실시간 SNS 채팅방이 시끌벅적했다. 저마다 잘나가는 3, 40대 아재들이라며 스스로를 소개했다. 이들이 쏟아내는 음담패설이 쉴 새 없이 올라왔다. 사이판은 말보로를 물고 계속 말했다. 샛노랗게 염색한 사이판의 레게 머리가 위로 묶여 있어, 탈모 때문인지 훤히 드러난 이마가 카메라에 찍혔다.

　"음마 까고 배출하려면 씨발, 암폐나 사고 까든지. 꼭 존나 좆 작고 지갑 슬립한 BM3급들이 소심하게 놀더라."

　경쟁을 붙이는 호객 행위였다. 남자들은 대부분 경쟁 심리를 조금만 자극해도 쉽게 넘어간다. 사이판이 한 번씩 자존심을 긁어 줄 때마다 포인트는 빠른 속도로 쌓였다.

예지는 의식이 점점 빠져나갔다. 하루가 지나는 동안 남자들은 교대로 나가고 들어오길 반복했다. 새로운 남자가 초대되어 나타나기도 했다. 그들은 극사실주의 다큐멘터리를 찍듯 예지의 몸에 휴대전화를 들이밀었다. 어떤 녀석은 핸드헬드 기법을 포기하고 삼각대 위에 스마트폰을 고정했다. 동영상 촬영 버튼을 눌러놓고 테이블 위에 걸터앉아 담배를 피우기도 했다.

"여러분, 스너프라는 게 이런 겁니다. 개리얼해야 하거든요. 씨발, 구라 치는 연출가들이 워낙 실사처럼 연기를 시키니까 여러분께서 실사보다 연출 각이 더 꼴린다고 존나 착각하는 거거든요. 그래서 나중에 현타 오고 그러는 거예요. 가오 떨어지게 그게 뭡니까, 그게."

사이판이 담뱃불을 예지의 허벅지에 대고 지져댔다. 예측하지 못한 고문이었다. 예지는 자신도 모르게 외마디 비명을 질렀다. 머리를 뒤흔들고 두 손을 어떻게 할 수가 없어 허공에 휘저었다. 피부를 파고드는 고통을 없애기 위해 바닥에 다리를 비벼댔다. 예지의 허벅지와 종아리, 발바닥이 붉어졌다.

"똑똑히 봤어? 이거 진짜 고문이야. 구라 빼는 연출, 1도 없어. 씨발, 내가 니들한테 조공한 이 포르노, 진짜 빨고 쑤시고 싸는 거라고. 장난 아니고 이게 중국 조폭 애들이 여자

장사할 때 통나무 돌리는 방식 그대로라니까!"

예지는 사이판의 눈을 유심히 봤다. 갈수록 흥분하는 말투, 빨라진 몸놀림, 떨리는 손끝, 상식 밖으로 많이 흘리는 식은땀. 제정신으로 보이지 않았다. 예지의 코로 역한 연기가 들어왔다. 저절로 인상이 구겨졌다.

그 냄새를 왜 이제야 맡은 걸까. 사이판의 입에서 흘러나오는 희뿌연 연기는 예사 담배 연기가 아니었다. 오랫동안 묵은 곰팡이 썩은 냄새가 났다. 사찰 회당에서 사시사철 피우는 짙은 향불 냄새 같기도 했다.

사이판은 예지를 바닥에 강제로 눕혔다. 사이판도 옷을 벗었다. 얼굴뿐만 아니라 몸 전체가 붉게 달아올랐다. 그의 몸 곳곳에 홍역 환자처럼 붉은 반점이 촘촘히 찍혀 있었다. 그의 눈동자는 예지를 똑바로 보는 것 같다가도 저 먼 곳을 응시하는 것 같기도 했다. 예지와 제대로 눈이 마주친 순간, 사이판은 정확한 어조로 말했다.

"니네 아빠랑도 했잖아, 씨발. 왜 놀란 척이야. 볼 장 다 본 년이."

사이판의 말은 예지를 혼란에 빠뜨렸다. 아빠가 저지른 사건을 얼굴 한 번 본 적 없는 사이판이 어떻게 아는 걸까. 예지는 자신과 가족이 감시당한 게 아닐까 하는 생각이 들었다. 아빠가 어떤 사람인지, 예지가 누군지 처음부터 사이

92

판은 알고 있었는지도 모른다. 그래서 얼마든지 강간하며 촬영을 해도 신고하지 못할 거라고 믿은 건가. 아빠는 병신 같고, 집에 돈도 없는 어린애라서?

너무 놀라 당하는 내내 예지는 눈을 감지 않았다. 부릅뜬 눈과 충격에 사로잡힌 얼굴이 관음의 늪에 빠진 아저씨들에겐 오히려 자극의 재료였다. 채팅창의 대화가 빠르게 올라갔다. 게시판 반응은 폭발적이었다. 자극적이다. 이번 연출은 진짜 같다. 아니, 진짜 리얼 아니냐는 질문이 속출했다. 계좌에 이체된 돈이 찍히는 속도도 빨라졌다.

사이판은 흡족한 미소를 짓고 있었다. 예지는 사이판의 웃는 얼굴을 보자 순간적으로 정신이 번쩍 들었다. 그리고 한 가지를 깨달았다. 예지가 슬퍼할수록, 깊은 자괴감에서 헤어 나오지 못할수록 가장 크게 웃는 사람은 사이판이라는 사실을.

이런 생각을 이어가자 사이판이 자신의 분노를 의도적으로 끌어 올리는 게 아닐까 하는 의심도 들었다. 사이판이 아빠의 약점을 알고 일부러 예지에게 접근한 게 맞는다면, 하필이면 강간당하는 장면이 카메라로 찍히는 시점에 그 사실을 폭로한 것에도 어떤 의도가 있지 않을까 싶었다. 일종의 상품이 된 예지를 자극하고 도발해서 예지가 사이판에게 저항하는 모습을 전시하려는 의도. 미친 듯이 반항하다가 결국에는 순응하는 피사체의 모습을 보여주며 욕망을 충족시키는 전형적인 포르노의 서사.

지옥의 시간은 끝나지 않고, 서사의 다음 단계를 향해 자꾸만 내달렸다. 구경거리를 훑어보며 감상을 늘어놓는 실시간 채팅의 반응도 덩달아 더욱 뜨거워졌다. 익명성의 보호막에 숨어서, 정체를 드러낼 용기는 없으면서 말초적인 자극을 원하는 이들은 예지가 처음부터 얌전하고 순수하게 울며 살려달라고 애원하는 모습을 보고 싶어 하지 않았다. 사이판은 예지의 분노마저 연출하려 했고, 이제는 예지도 그 점을 알고 있었다.

"꽤 재밌는데? 이렇게 저항하고 지랄을 떨어주니까 말이야."

"단가 올라가는 거라서?"

"말귀 알아듣네. 그게 스너프의 매력이거든. 나는 사람 몸이 어떻게 요동치는지 알고 있지. 언제 튀어 오르고, 언제 부들거리는지."

예지는 허탈한 웃음이 나왔다.

"아빠를 지우고 싶다고 했지? 아마 지우고 싶다는 마음과 네 몸이 기억하고 있는 건 다를걸."

"개새끼야, 집어치워."

"도발하니까 리얼 파티 각 나오네. 야, 진짜 오랜만이다.

나한테 쌍욕하는 년은."

예지는 사이판의 의도를 알고 있었음에도 감정을 진정하기가 쉽지 않았다. 사이판은 어디서부터 어디까지 덫을 쳐놓았을까. 정화와 아이들이 자신에게 접근한 것도? 설마 맥도널드에서 만난 변태 아저씨도 사이판이 심어둔 사람일까? 사이판은 예지가 가출팸에 합류한 다음에 얼마나 '안전한 상품'인지를 알아보기 위해 예지의 뒤를 캐본 것인지도 몰랐다. 언제나 권력은 더 많은 정보를 쥐고 힘 없는 사람을 희롱했다. 예지는 사이판의 검은 속내를 알고 있음에도 여지없이 당할 수밖에 없었다. 사이판의 덫, 사이판의 세계에 갇혔고, 좀처럼 다른 결말은 보이지 않았다.

첫 번째 방송이 끝나고 두 번째 방송 세팅이 진행되었다. 사이판은 예지의 두 팔목을 소파 팔걸이에 묶었다. 다리까지 줄로 칭칭 감은 뒤 사이판은 자신이 물고 있던 말보로를 예지에게 건네주었다. 그 말보로는 평소 담뱃갑에 넣고 다니던 말보로보다 두툼했다. 바늘처럼 가늘고 날카로운 것으로 구멍을 뚫고 다른 재료를 넣은 흔적이 보였다. 예지는 주저하는 표정으로 고개를 저었다. 사이판이 말했다.

"뭔 줄 알지? 피워."

"안 피우겠다면?"

사이판이 예지의 말을 듣자마자 비웃음을 터뜨렸다.

"씨발년아, 작작해라. 앞으로 네 번은 더 해야 해. 스튜디오 빌리는 값이 얼만데, 본전은 뽑아야지."

"……."

"내가 비즈니스라고 했지?"

"내가……."

"말해."

"안 한다면?"

"안 한다고?"

"그거 알지? 미성년자 강간, 몰카 촬영은 고소 취하해도 무조건 수사한다는 거."

예지는 어디선가 주워들은 내용을 자기도 모르게 내뱉었다. 말하는 내내 예지의 입술과 눈밑이 떨렸다. 사이판은 그런 예지를 무표정하게 바라봤다. 예지는 그렇게 말한 것을 후회하지 않았다. 어떻게든 밖으로 나가 경찰에게 자신이 처한 상황을 알린다면 평화로운 일상으로 돌아갈 수 있을지도 모른다.

사이판을 제외한 지하 스튜디오의 모든 남자가 '고소'나 '수사' 같은 말에 예민하게 귀를 기울였다. 현장을 들킬 가능성을 생각하자 다들 긴장한 눈빛이었다. 두세 번 넘게 사정을 마친 화면 너머의 남자들은 슬슬 사이판을 원망하는 기색을 보이기도 했다. 한동안 예지와 눈싸움을 벌이던 사이판은 예지에게 물리려 했던 떨을 한 모금 깊게 빨아들였다. 대마가 섞인 말보로에서 야릇한 냄새가 퍼져 나왔다. 그는 강한 희열을 느꼈는지 온몸을 부르르 떨었다. 얼굴 전체에 미소가 번졌다.

"강간 맞지. 진짜 널 강간할 거니까."

"알아들었으면 그만해. 이건…… 너무 막 나가는 거야."

"이년 웃기고 있네. 이참에 아주 쉼터 선생으로 취업을 해라, 씨발. 야, 그딴 말은 나도 해."

"뭐?"

"적당히 하자. 너무 막 나가는 거다. 우리 선에서 더는 막을 수 없다. 너를 보호관찰하고 있는 판사님께 연락이 갈 거다, 경찰 아저씨 총 안 쏘면 테이저 쓴다, 다른 연놈들 분위기 망치게 하지 말고 알아서 정리하자. 대충 이런 거 아냐? 웅?"

사이판의 텅 비어 보이는 눈이 순식간에 어린애처럼 반짝였다. 사이판은 쉼터 출신이었다. 남자아이라면 부모, 특히 아버지에게 진짜로 죽을 만큼 맞다가 도망친 경우가 많았다. 아직도 쉼터 선생님들의 말을 외우며 방어적으로 말을 쏟아내는 사이판이 예지는 기괴해 보였다. 벽장에 갇히는 벌을 받고 자란 아이가 어른이 된 후에도 힘든 일이 생기면 혼자 폐쇄된 공간에 들어가 "엄마, 잘못했어요. 아빠, 살려주세요"를 외치는 광경을 보는 느낌이었다.

예지는 자신의 몸에 고통과 공포의 낙인을 새기는 개새끼한테도 자신과 같은 상처가 있다는 게 경악스러웠다. 그 상처는 가족에게서 나올 수밖에 없다는 공통점이 있다. 그러나 사이판은 자신의 상처를 이용할 만큼 머리가 커졌다. 예지는 다음 말을 듣고는 벌어진 입을 다물지 못했다.

"니네 아빠가 날 찾아왔더라."

예지는 귀를 쫑긋했다.

"포차에 수금 떼러 갔는데, 노래방 년 하나 달고 와서 제발 알리지 말아달라고 질질 짜던데."

"뭘?"

"꼭 내 주둥이로 말해야 하나?"

"뭘!"

예지가 소리를 질렀다. 하지만 사이판은 차갑게 굳은 표정을 내비쳤다. 이전처럼 예지를 걷어차거나 주먹을 날리지 않았다. 사이판은 무심한 얼굴로 예지를 봤다. 그리고 낮은 목소리로 말했다.

"니네 아빠가 너 상습적으로 따먹는 걸 봤고, 동영상까지 따놨다고 니네 아빠한테 얘기했거든. 수틀리면 경찰서 가서 다 불어버리겠다고 했지."

"씨발…… 그래서?"

"쫄아서 아무 말 못 하던데. 내가 말했지. 나 니네 딸년하고 비즈니스 몇 번 할 텐데 부모 된 입장에서 서포트한다 생각하시고 실드 좀 쳐달라고."

"씨발, 그 새끼 아빠 아냐."

예지는 아빠를 욕해야 할지, 사이판을 욕해야 할지 헷갈렸다. 모두가 증오스러웠다.

"집도 존나 후진 데 사는 새끼가, 창문으로 다 보이는데 딸년이랑 그 짓을 하던데. 니네 아빠도 참 병신이야, 그치? 그래도 가족은 가족이야, 안 그래?"

예지는 허탈한 웃음마저 나왔다. 그러다 악에 받친 괴성이 튀어나왔다.

"그 새끼가 가족은 무슨, 씨발!!"

"니네 필리핀 엄마 년이랑 그년이 낳은 새끼는 사정이 다를걸."

사이판은 계속해서 냉정한 어조로 말했다.

"……"

"니네 아빠 철창 들어가면 니네 새엄마 국적, 신분 존나 난처해진다는 거 잘 알잖아."

"씨발……"

"하나 더 말해줄까. 니네 아빠는 문제 생기면 경찰서에 너 정신과 진료 기록하고 씨발, 그거 뭐냐, 학생기록부 제출한

99

다고 약속했어. 니가 무슨 말을 지껄여도 학교 부적응자에 우울증 있는 씨발 또라이년이 소설 쓰는 거니까 신빙성이 하나도 없다고 주장하겠다고 하더라. 친아빠가 이렇게 경찰서 가서 불면 게임 끝난 거 아니야?"

예지는 더 말을 하지 못했다. 사이판은 떨, 다시 말해 대마를 꽤 많이 흡입한 탓에 입을 열 때마다 열대 과일 썩는 냄새가 요동쳤다. 그런데도 사이판의 정신은 어느 때보다도 더 청명해 보였다.

예지가 오히려 사이판의 시선을 피했다. 눈을 돌리자 오른편에 있는 철문이 보였다. 세 겹의 자물쇠로 단단히 봉해진 지하실. 도주한다 해도 자신을 받아줄 곳은 없을지도 모른다는 익숙한 절망감이 들었다.

물론 길 위를 떠도는 예지와 같은 아이들을 받아주는 곳은 제법 있었다. 관심도 늘어갔다. 어른들, 사회문제에 관심 있는 사람들, 많이 배웠다는 사람들. 봉사에 나서는 이들이 많아졌다. 구체적으로 얼마나 많아졌는지, 어떤 효과가 일어났는지 모르지만 많아졌다고 했다. 신문, 인터넷 포털 뉴스, SNS에서 앞다투어 그렇게 말했다.

예지도 쉼터를 기웃거린 적이 있다. 멘토를 자처 하는 어른들을 만나보기도 했다. 쉼터 관계자를 비롯해 멘토가 되어

주겠다는 어른들은 하나같이 선량했다. 돈이 많은 것도 아닌데 기부와 봉사를 하는 이들은 우리가 사는 세상에서 그래도 선한 공기를 만들어내는 사람이 틀림없다고 예지도 생각했다. 그러나 그들이 사는 선한 공기와 예지가 맞닥뜨리는 현실은 엄연히 달랐다.

청정한 공기를 마시며 사는 사람이 허우적거리는 이를 도우려면 그가 어떤 곳에 놓여 있는지를 알아야 한다. 선한 공기, 따스한 눈빛을 지닌 이들은 자신들이 살아온 보통의 삶 바깥을 상상하지 못한다. 예지는 그들과 전혀 다른 우주에 살고 있었다. 진심으로 위로하고 아파하며 도움을 건네지만 그게 결코 실질적인 도움이 아님을, 외려 예지 같은 아이들을 거대한 절망으로 등 떠미는 결과를 낳을 수 있음을 그들은 알지 못했다. 세상에는 어른들과 진솔하게 소통해보라는 조언으로 해결되지 않는 문제가 너무 많았다. 예지도 자신의 상황을 어떻게 설명해야 할지 모른 채 언제부턴가 누구에게도 도움의 손길을 요청하지 않았다.

예지가 절망을 느낀 건 선한 공기에 머무는 이들이 과도한 정의감을 내비칠 때였다. 더 정확히 말하면 그들의 분노가 다다른 피상적인 껍질이었다. 길 위의 아이에 대해 관심이 부쩍 많아진 이들은 선한 영향력을 행사하고 싶어 뭐든 하려 한다. 가출 문제에 핏대를 세우고, 대책을 마련하기도 한다. 그럴싸한 영상을 만들어 계도하려고 애쓰기도 한다. 그러면서 이 사회가 다같이 반성해야 한다고 외친다. 예지도 숱하게 들어본 말이었다.

그런데 이상하게도 그들의 선한 공기는 예지와 같은 길 위의 아이에게까지 가닿지 않는다. 그들은 이해하지 못한다. 길 위의 아이들에겐 그들처럼 반듯하고 합리적인 언어가 없다는 사실을 말이다. 선한 공기, 따스한 눈빛은 언제나 그걸 받아들이는 대상 역시 선하고 따스해야 한다는 불문율을 갖고 있는 듯했다.

하지만 길 위의 아이들은 복잡했다. 예지도 마찬가지겠지만 이들은 폭력과 범법의 세계에 노출되어 있다. 때론 잔인한 처세의 규칙을 사용할 때도 있다. 그들은 피해자이기도 하지만 가해자가 되기도 한다. 피해자에서 가해자가 되는 건 시간문제다. 비열한 거리의 규칙을 몸에 익힌 아이들은 또 다른 피해자를 먹잇감으로 포획하려는 유혹에 빠져든다. 이유는 단순하다. 그것이 길 위의 아이들이 먹고사는 방식이기 때문이다.

가해자가 되지 않으면 피해자가 될 수밖에 없는 생존의 세계. 먹이사슬의 하위 포식자인 예지와 같은 여자 청소년은 더 독해지거나 더 큰 비극을 겪거나 둘 중 하나다. 선한 공기, 따스한 눈빛으로 차갑고 비정한 공기와 맞부딪치려

하면 얼마나 힘없이 무너지는지 무참하게 깨달을 뿐이다. 이를 모른 척하는 어른들, 배운 사람들, 사회에 목소리를 내고 싶어 하는 사람들, 선한 영향력을 행사하고 싶은 사람들이 하나둘 예지의 곁을 떠나간다. 겉으로는 부드러운 위로의 말을 건네지만 언제 이 아이도 상종 못 할 괴물로 돌변할지 모른다는 생각을 은연중에 깔고 있는 그들의 태도는 예지에게 비수가 되어 박힌다.

모두 떠난 빈자리에 홀로 남은 예지에게 손을 내민 사람은 다름 아닌 사이판이었다. 혀를 내보이며 피어싱을 자랑스럽게 과시하는 사이판. 강간하면서 히죽히죽 웃는 난폭한 사디스트이면서 지독히도 천진한 소년의 눈동자를 가진 사이판. 그는 예지에게 자신만의 방법을 제안한다. 끔찍하고 무정한 도움이다.

"씨발년아, 떨이나 물어. 고소도 못 하고 처맞다가 돈도 못 받는 것보다 떨도 하고 떡도 치고 돈도 만지고 식구도 생기면 씨발 존나 아름다운 딜이잖아. 너네 아빠도 그렇게 해달라고 하고."

"다 좋은데……."

"그런데?"

"그 씹째끼 얘긴 꺼내지 마."

사이판이 잘 알아들었다는 표시로 힘껏 고개를 끄덕였다. 그제야 예지는 사이판이 건넨 말보로를 물었다. 사이판이 말한 대로 깊게, 최대한 깊게 빨아들였다. 사이판이 후반전 경기에 땀에 젖은 선수를 내보내는 다급한 음성으로 예지에게 말했다.

"자자, 기왕 할 거 빨리하자. 돈 벌어야지, 돈!"

*

예지는 사흘 뒤에야 신도림 원룸촌으로 돌아왔다. 방에 들어가자 고등학생으로 보이는 여자아이가 야구 모자를 눌러 쓰고 벽에 등을 기댄 채 앉아 있었다. 지하방은 사흘 전보다 더 잔혹한 그늘이 져 있는 것 같았다. 창문은 굳게 닫혀 있었다. 어린 나이답지 않게 팔근육이 단단하고 아랫배가 축 늘어진 문신투성이의 남자들이, 똥 마려운 강아지처럼 거실에서 서성거리다가 예지를 불안 가득한 눈빛으로 바라봤다.

예지는 쓰러지듯 벽에 등을 기대고 야구 모자 여자아이 옆에 앉았다. 맞은편에 있는 정화가 눈에 들어왔다. 정화는 바닥에 액정이 깨진 신형 휴대전화와 모서리에 험하게 금이 간 구형 휴대전화를 내려놓았다. 여러 개의 데이팅 앱을 깔아놓고 조건 만남을 할 남자를 찾고 있었다. 하루치 일당을 챙기기 위한 일과였다. 예지는 정화에게서 시선을 떼지 않았다. 정화는 분명 예지가 사흘 만에 아지트로 돌아온 걸 알았지만 애써 모른 척했다. 그런 정화의 의도적인 외면이 신경 쓰여서일까. 아님, 한마디라도 말을 걸고 싶어서였을까. 예지가 먼저 말문을 열었다.

"캐시 좀 벌었냐?"

예지의 질문을 듣고 정화는 눈이 동그래졌다. 며칠 전만 해도 예지의 입에서 나올 거라고 예상하기 힘든 질문이었다. 정화는 고개를 들어 예지를 바라봤다. 더 크게 놀라 표정이 굳어버렸다. 예지의 모습은 여자애들에게 일방적으로 두들겨 맞던 때와는 완전히 달라져 있었다. 진한 스모키 화장과 적색 립스틱, 곳곳에 박힌 피어싱, 붉은빛으로 염색한 머리와 몸매가 그대로 드러나는 타이트한 블랙 원피스까지. 한꺼번에 너무 많은 게 변해 있었다. 예지가 바라본 정화는 별다른 변화가 없었다. 낮은 콧등과 튀어나온 입술, 너무 짙게 그린 눈썹이 여전히 부담스러운 느낌을 줬다.

쉼 없이 휴대전화 화면을 터치하는 정화의 손가락을 보고 있던 예지는 왠지 서글픈 마음이 들었다. 정화가 손에 쥔 돈이 생각나서였다. 그토록 몸을 꾸미고 난리를 쳐서 얻은 수확이 고작 꼬깃꼬깃 접힌 만 원짜리 다섯 장이었다. 수입이 형편없는 것은 데이팅 앱을 샅샅이 뒤지고 있는 정화뿐만이 아니었다. 사흘 내내 지하 스튜디오에서 가만히 있어도 머리가 어지러운 담배와 대마초 냄새를 견딘 예지도 마찬가지였다. 예지는 그곳에서 벗방, 텔방, 먹방, 강간방까지 소화해야 했지만 대가로 주어진 건 푼돈이었다. 정화는 돈을 벌 기회마저 변변치 않았다. 성인 데이팅 앱에 하루종일 접속해 있어도 조건 만남이 성사되는 경우가 드물었다.

정화는 예지에게 뭔가 말하려다 말았다. 아니꼬운 표정으로 입술을 깨물다가 고개를 두어 번 가로저었다. 다시 휴대전화를 신경질적으로 두들겨댔다. 그러다 혼잣말처럼 독설을 쏟아냈다.

"씨발년이, 얼굴 좀 봐줄 만하다고 벌써 몸 파는 데 맛 들렸나 보네."

"신경 끄시지."

예지는 정화의 혼잣말을 그냥 넘길 수 없었다. 정화가 고개를 들어 예지를 노려봤다. 깊은 열등감이 스며든 표정이었다. 정화를 더 서글프고 짜증스럽게 한 건 예지가 더는 자신의 눈빛을 피하지 않고 맞서 노려본다는 사실이었다.

"알아달라고 한 거 아니라고."

"누가 뭐래, 씨발년아."

"……."

"존나 헤픈 년이 얻다 대고 며칠 만에 기어들어 와서 말대

106

꾸야, 말대꾸가."

"넌 그 헤픈 것도 잘 못 하잖아."

"이 좆같은 년이 말을 받아쳐! 뒤지고 싶냐."

정화는 예지의 코앞까지 달려들었다. 바지에서 꺼낸 커터 칼을 예지의 목에 갖다 댔다. 예지 옆에 앉아 있던 여자애가 도망치듯 방 밖으로 나갔다.

"씨발년아, 아예 여기서 그어버릴까?"

"자신 있으면 그렇게 해보든가."

정화가 망설이는 모습을 보이자, 예지의 얼굴에 그늘이 드리워졌다. 예지는 차라리 정화가 자신의 얼굴을 그어버리기를 원했다. 처음 자신을 길들이며 보여준 당당함이, 거리낌 없는 광기가 이제는 그리워졌다.

하지만 지금 정화는 줄서기를 하고 있다. 예지에게 청을 비롯해 사이판 같은 잘나가는 팸의 오빠들이 투자를 했기에, 예지가 값비싼 상품이 되어버렸음을 인정할 수밖에 없는 것이다. 어느새 예지는 반지하 가출팸의 아지트에서 대세로 떠올랐다. 이 사실을 모르는 녀석은 아무도 없었다. 잘못 건드렸다간 어떤 화를 당할지 몰랐다.

정화는 더 말을 하지 못했다. 칼을 거둬들였다. 그때였다. 예지가 정화의 손을 두 손으로 세게 붙잡았다. 그러고는 정화가 쥐고 있는 칼을 자신의 먹살에 갖다 댔다. 정화는 깜짝 놀랐다. 예지에게 소리쳤다.

"뭐 하는 거야, 쌍년아!"

"쌍년이니까, 개쌍년 됐으니까 부탁하는 거야."

"뭘?"

"그어."

"이런 씨발……."

"얼굴이든 모가지든 어디든 좋으니까 그어버리라고."

예지가 소리를 칠 때 벌어진 입에서 정화는 수상한 냄새를 맡았다. 심상치 않은 표정으로 코를 킁킁거렸다.

"너…… 벌써 떨, 개시했냐?"

"그러니까…… 알았으니까 그으라고."

"씨발년아, 그만해! 누구 맞아 죽는 거 보고 싶어?"

"그으라고!"

정화는 예지의 부탁을 들어주지 않았다. 예지를 협박하지도 욕을 하지도 않았다. 칼은 정화의 손에서 벗어났다. 이제 예지가 들고 있었다. 정화는 풀 죽은 아이가 되었다. 초등학생 아이들이 훌쩍거리며 울기 시작했다. 문신투성이 남자애들은 슬금슬금 눈치를 보다 밖으로 나갔다. 야구모자는 싱크대에 머리를 박고 토를 했다. 이곳에 온 지 얼마 되지 않은 아이가 감당하기엔 너무 살벌한 현장이었다.

예지는 손에 쥔 칼을 바라봤다. 칼날이 부드럽고 서늘하게 빛나고 있었다. 차가운 감각을 느끼자 뜻 모를 전율이 일었다. 그때 누군가가 칼을 쥔 예지의 손목을 감싸 쥐었다. 흠칫, 예지는 놀라 고개를 돌렸다. 더없이 따뜻한 목소리의 청이 서 있었다.

"이게 뭐야. 열심히 일해놓고."

청은 예지를 비롯한 콜걸을 싣고 다니는 콜카 기사 노릇을 했다. 보통 청이 차에서 기다리면 예지가 나갔다. 이렇게 지하방까지 예지를 데리러 들어오는 경우는 드물었다.

"무슨 일이야?"

청은 상대의 긴장을 풀어주는 미소를 지어 보였다. 예지를 처음 만났을 때도 보여준 그 미소였다.

"칼 먼저 내려놔."

청은 칼을 가져가 싱크대에 두었다.

"컵라면 먹으러 가자."

"씨발."

"응?"

"맨날 컵라면만 먹재."

예지가 씩 웃어 보였다.

정화는 현관문을 열고 나가는 두 사람의 뒷모습을 한참 동안 바라보다가 고개를 푹 숙이고 자신이 발로 걷어찬 휴대전화 전원을 켰다. 와이파이가 터지는 곳을 찾아 움직였다.

3

오후 4시처럼 애매한 시간에 백화점을 어슬렁거리는 이들은 누구일까. 학생도 아니고 직장인도 아닐 것이다. 예지가 백화점 에스컬레이터를 타고 있었다. 키가 크고 이목구비가 또렷한 젊은 여자들이 보였다. 그들이 서초역과 강남역 사이에 있는 최신 상품이 즐비한 백화점을 메우고 있었다.

예지는 여성 의류 판매장을 돌아다녔다. 청이 그 뒤를 충실하게 따라갔다. 청은 며칠 새 완전히 달라진 예지의 차림새를 신기한 눈으로 살폈다. 열흘 전만 해도 예지는 고개를 움츠린 채 신도림역 근처의 편의점 파라솔 의자에 앉아 있던 아이였다. 무릎 나온 검은색 운동복 차림에 얼굴에 멍이 든, 보기만 해도 측은한 마음을 불러일으키던 아이. 지하철을 타면 어렵지 않게 만날 것 같은 평범한 여자아이.

스카우터 사이판이 어떻게 길들였는지 몰라도, 예지는 스튜디오를 다녀온 뒤 완전히 달라졌다. 예지는 비즈니스에 적합한 스타일이 되어 있었다. 청은 예지가 얼마나 많이 변했는지 예지 앞에서 대놓고 말하진 않았다. 예지는 청이 어떤 생각을 하는지 잘 알고 있었다. 둘은 엘리베이터 앞 벤치에 나란히 앉았다. 청은 옆에 앉은 예지와 그 옆에 앉은 금발 염색 머리를 한 장신의 여자를 아래위로 훑듯이 바라봤다. 예지는 그런 청의 어깨를 툭 쳤다.

"사이판이 명함을 만들었다고 주던데."

"무슨 명함?"

"여기."

예지가 청에게 건넨 명함에는 김태성이란 이름이 적혀 있었다. 'AY 엔터테인먼트'라는 회사명도 보였다. 명함을 가만히 살피던 청에게 예지가 말을 이었다.

"내가 방송 잘하니까 잘 키워보겠대."

"벗방 잘해봐야 딥웹이나 텔레로 빠질 텐데 뭘 키워."

"오늘은 병원 가자고 했어."

"성형외과?"

예지가 고개를 끄덕였다. 성형외과 이야기가 나왔을 때 청이 보여준 눈빛을 예지는 쉽게 머릿속에서 지우지 못할 것 같았다. 그의 눈빛에는 복잡한 감정이 담겨 있었다. 청은 예지가 성형외과에 간다는 게 어떤 뜻인지 누구보다 잘 알고 있었다.

"어디까지 만져준대?"

"기본만 한다고 했어."

"코하고 필러?"

"응."

"진짜 할 거야?"

예상 밖의 질문이었지만 예지는 망설이지 않고 대답했다.

"당연하지. 키워준다는데 안 할 이유가 어딨어?"

예지의 빠른 대답엔 자신감도 붙어 있었지만, 불안한 감정과 대면조차 하지 않으려는 의지도 담겨 있었다. 청은 예지의 미래에 다녀온 사람처럼 슬픈 눈을 하고 있었다. 그 눈이 향한 곳은 예지의 퀭한 눈이었다.

*

오후 7시의 성형외과 대기실에는 중국인 관광객들이 떠드는 소리가 가득했다. 가느다란 실핏줄처럼 복도가 갈라져 있었고, 그 끝마다 수술실이 있었다.

예지는 태어나서 처음 수술실에 들어섰다. 차갑고 날카로운 정적만이 가득했다. 알몸으로 수술대에 누웠다. 수술복도 속옷도 입지 않은 채였다. 피부에 수술대의 차가운 감촉이 닿았다. 얼굴 고치는 수술을 하는데, 왜 옷을 모두 벗으라고 하는지 알지 못했다. 예지에게 수술의 과정을 설명해주는 사람은 없었다. 곧 수술실 문이 열렸다. 사이판과 체크무늬 셔츠를 입은 남자가 들어왔다. 사이판의 발소리를 듣는 것만으로도 예지는 긴장감을 느꼈다. 예지에게 사이판은 언제나 공포의 대상이었다.

압도적인 공포가 지배적인 현실에선 질문이 사라진다. 현실을 파악하는 감각도 떨어진다. 사이판은 아무것도 알려주지 않았다. 공포에 사로잡힌 예지는 그의 눈치만 살필 뿐이었다.

체크무늬 남자가 헝클어진 머리를 한번 쓸어 넘기다 예지와 눈이 마주쳤다.

"뭐가 이렇게 천연 그대로야? 완전 유기농이네. 해도 돼?"

"자연 세탁된 거라 뒤탈 없어요. 끈 풀고 막 쳐드셔."

"너 많이 컸다. 한창 바쁜 성형외과 전문의도 형이라 부르고 여자애도 세팅해놓고 기특하네."

체크무늬가 예지의 머리채를 강하게 붙잡았다. 사이판은 익숙한 몸짓으로 메스를 비롯해 간단한 의료 도구가 담긴 유리통 안을 뒤적거렸다.

"형, 이거 우유 주사 맞지? 나 하나 쓴다."

"얘 마루타 안 시켜도 돼?"

"그래야지, 얼마짜리인데."

사이판이 예지의 팔목을 대충 손가락으로 짚더니 곧바로 정맥에 주삿바늘을 꽂아 넣었다. 예지의 몸은 팔목부터 상반신까지 알 수 없는 뻐근함으로 얼얼해졌다. 몸의 감각이 빠르게 무뎌졌다. 눈동자가 그녀의 의지와 다른 방향으로 마구 움직였다. 체크무늬가 물었다.

"얘, 떨은 좀 했지?"

"응, 며칠 집중적으로 쏟았지."

"근데, 왜캐 약발을 빨리 받아?"

"거의 처음 푸는 거라 그렇다니까."

"어쨌든 너, 얘한테 투자 좀 한다. 몰빵하네."

"나도 본격 투자 시작한 거니까 잘 만져줘."

투자라는 말을 꺼낸 사이판이 휴대전화를 꺼내 체크무늬 남자에게 보여주었다.

그 화면으로 중국어로 도배가 되어 있는 음란물 사이트가 보였다. 그곳에 예지의 얼굴이 모자이크 없이 공개되어 있었다.

"중국까지 진출하려고? 완전 한류 스타 프로젝트네."

"처음부터 중국판이지. 암폐 쓰기에도 중국이 편하고. 형도 투자해요. 이렇게 성상납 받고 얼굴 고쳐주는 걸로만 통치지 말고."

"야, 야, 내가 말했잖아. 난 새가슴이라 그냥 소박하게 놀고 싶다고."

"암튼 소심해. 그건 그런데…… 신경 써서 고쳐줄 거지? 이 버전, 업그레이드 진행해야 한단 말이야. 그래야 상품 가치 높아져."

"궁금한 게 있었는데."

"뭐가, 형?"

"난 소심해서 그냥 이렇게만 논다 치고…… 넌 대체 어쩌려고 일을 그렇게 크게 벌리냐?"

체크무늬 남자가 예지와 사이판을 번갈아 쳐다보며 물었다. 정말 궁금해하는 눈빛이었다.

"자칫 잘못하면 골로 가는 거 몰라? 다른 놈들 징역 40년 넘게 선고받는 거 보고도 계속 이러고 싶어?"

"형은 내가 경영학 전공한 거 잊었어?"

"상대 나온 거 하고 징역 각 나오는 거 하고 무슨 상관인데?"

"위험 부담이 큰 만큼 이윤이 어마어마하게 많이 남는 시장이야. 씨발, 헬조선에서 이보다 유망한 사업 기회가 어딨는데?"

"신념 하나 확고해서 좋겠다."

115

"그러니까 형, 이번에 진짜 잘 만져줘야 돼. 알았지?"

"알았어, 새끼야. 나만 믿어. 제대로 만져줄 테니까. 그전에 볼일 좀 보고."

"아, 형. 수술한 다음에 하면 안 돼? 그렇게 급해?"

"이래야 안정을 취할 거 아냐. 왜 이래, 아마추어같이."

체크무늬는 급하고 투박하게 바지를 벗었다. 약에 취한 예지는 아무 감각도 느끼지 못했다.

*

얼굴에 거즈를 대고 붕대를 두른 상태에서 예지가 누운 침상이 바뀌었다. 사이판이 우유 주사를 프로포폴이라고 정정해주었다. 프로포폴을 투약하자 몸이 붕 뜨는 느낌이 들었다. 예지는 흐릿해진 의식 속에서, 그 사이사이에 돋아난 기억의 파편을 붙잡고 허우적대고 있었다. 어떤 기억은 기둥처럼 솟아나 선명하고 확실하게 예지의 마음을 짓눌렀다.

유난히 큰 뿔테 안경을 쓴, 체크무늬 셔츠를 입은 의사에 대해 예지가 기억하는 것은 오직 한 가지였다. 그의 베이지색 면바지가 아주 자연스레 벗어져 있었다는 점. 어떤 사람에게 강간은 평생 지울 수 없는 충격과 공포로 각인된다. 하지만 누군가에겐 몇 번의 터치로 계좌 이체 하듯 간편하게 쾌감을 얻는 수단이다. 예지는 그런 생각이 들자 미칠 것같이 억울하고 서글픈 감정에 빠져들었다.

모든 사람이 자신이 받은 충격을 모른 척하는 것 같았다. 비가 오는 날 건물 현관에서 준비했다는 듯 일제히 우산을 펼치는 이들처럼 사람들은 무심해 보였다. 예지는 쏟아지는 충격을, 혼자 일기예보를 확인하지 못하고 나온 사람처럼 그대로 맞으며 저벅저벅 걸어가야 했다. 이 막강한 공포를 어떻게 처리하는지에 대해서는 누구도 답을 일러주지 않았다. 한국말을 제대로 배우지 못해 어눌하게 중얼대던 필리핀 출신 엄마도, 자신의 귀에 아이돌 노래가 흘러나오는 이어폰을 꽂던 아빠도 입을 꾹 다물었다.

"말하지 마."

체크무늬 의사가 예지의 입을 틀어막았다. 의사는 예지를 향해 코를 킁킁거리며 체취를 음미했다. 이어서 예지의 귀에 이어폰을 꽂아주었다. 이어폰 너머에서 멀고 먼 음악 소리가 들렸다. 출처를 알 수 없는 노래는 누군가 다급하게 달려오는 소리 같았다.

"너 알아? 너 코하고 이마 고쳐주는 비용을 빠구리 뜨는 돈과 맞바꾸면 내가 완전 손해야."

"……."

"그러니 이 정도로 따먹어주는 거, 좋은 기회로 알라고. 어차피 나중에 그 상판으로 장사할 건데."

"……손해라면서요."

"뭐?"

"손해라면서 왜…… 하는데."

마취가 풀리기 전이었지만 예지는 용기를 내어 물었다. 이유는 단 하나, 그가 너무 착해 보였기 때문이다. 의사는 안경테처럼 얌전하고 착한 대학생처럼 보였다.

예지는 방구석에 앉아 종일 TV만 본 적이 있었다. 그곳에서는 부드럽고 따뜻한 눈빛으로 여동생을 품어주는 로맨스 드라마의 엄친아가 얼마든지 등장했다. 예능 프로그램을 볼 때도 예지는 어설프고 숫기 없지만 오히려 그 모습이 풋풋하게 느껴지는 검은 안경테의 연예인들에게 눈이 갔다.

이제 갓 레지던트 딱지를 뗀 듯한 앳된 얼굴의 체크무늬를 향해 예지는 믿을 수 없다는 표정으로 고개를 가로저었다. 그를 도저히 이해할 수가 없었다. 그래서 더 절박하게 묻고 싶었다.

"왜 그렇게 착한 얼굴을 하고……."

"뭐? 더듬거리지 말고 확실하게 말해."

"왜 나를 아프게 해요……?"

"……."

"그렇게 착한 얼굴을 하고⋯⋯."

예지에겐 다른 말이 떠오르지 않았다. 그 한 가지 의문만이 좀처럼 아물지 않는 쓰라린 생채기가 되어 예지의 머리와 입술에 내려앉았다.

예지의 진심이 담긴 질문에 체크무늬는 잠시 망설였다. 어떤 순간을 모면하고 싶은 걸까. 아님, 어떤 게 자신의 진짜 모습인지 분간한다는 것 자체가 끔찍해서 그런 걸까. 예지의 흐릿해진 시선을 보고 체크무늬는 겁에 질린 듯 살짝 고개를 떨구었다. 망설임의 순간이 지나고, 체크무늬가 입을 열었다.

"손해인 거 당연하고, 무모한 것도 맞아. 맞는데."

"그런데요?"

"이런 거라도 없으면 지루해서 미칠 것 같아."

"뭐가 그렇게 지루한데?"

"믿든 말든 상관없는데, 몇 년 전부터 자극이 없으면 그 짓이 안 돼."

'그 짓'을 힘주어 말하면서 체크무늬가 상스러운 손짓을 했다. 그의 표정은 전혀 즐겁지 않아 보였다. 점점 창백해지는 푸른 빛이 예지의 마음을 더 무겁게 짓눌렀다. 체크무늬가 말을 이었다.

"결혼도 하고, 돈도 벌 만큼 벌고, 골프도 칠 만큼 치고, 외제차도 질러봤는데, 그렇게 죽어라 배운 기술 갖고 씨발, 김치년들 얼굴 뜯어가며 산다는 게. 가질 만큼 가졌는데, 씨발. 그게 안 된다고. 그게. 내 나이 마흔도 안 됐는데 말이야. 이게 말이 돼?"

그의 입술이 점점 떨리고 있었다.

"따지고 보면 이거 나쁜 짓…… 맞지. 강간이고 성폭력이고 죽어도 싼 짓이지. 그런데 너 말이야. 그거 알아?"

"뭘요?"

"이렇게 하지 않으면 흥분이 되지 않아. 모든 게 지루하고 그저 그래."

"그래서……."

"그래서? 그래서는 뭐가 그래서야. 넌 모를 거야. 죽었다 깨어나도 모른다고, 씨발. 지루한 지옥에서 벗어날 수만 있으면 이 병원 통째로 처분해도 아쉬울 게 없을 것 같은 절박한 심정을 말이야."

그 순간, 예지가 체크무늬의 눈빛을 가만히 바라봤다. 겁먹은 어린아이의 얼굴이 떠올랐다. 하지만 찰나의 서글픔은 악랄함으로 돌변했다. 잔뜩 겁에 질린, 겁에 너무 질려 차라리 괴물이 되어버린 체크무늬는 더는 자신의 진심을 보여주는 게 끔찍하게 싫었던지 예지의 목을 갑자기 움켜쥐고는 다시 바지 지퍼를 내렸다.

강남구 신사역 1번 출구 앞에 있는 성형외과 의사에게 받는 화대는 성형이었다. 얼굴에 붕대를 감고 있는 상태에서도, 차가운 냉기 때문에 금세 감기에 걸려 제대로 말도 못 하는 지경이 되었어도, 예지는 의사에게 계속 추행을 당했다.

청은 예지를 데리고 신사역 1번 출구 뒤편으로 나와서 걸었다. 걷는 이를 제법 숨차게 하는 가파른 오르막 골목을 걷는 동안 예지의 얼굴은 연신 욱신거렸다. 앞장서서 걷던 청은 그런 예지의 얼굴을 흘낏 살피며 한마디 툭 내뱉었다. 수술을 받은 지 얼마 되지 않은 예지의 얼굴은 심하게 구타당한 사람처럼 푸른 멍투성이였다.

"너 웃기게 생겼다. 중국 판다 같아."

청은 웃자고 꺼낸 말이었지만 예지는 웃을 수가 없었다. 입이 얼얼해서 어떻게 말을 꺼내야 할지 몰랐다. 더욱이 조금만 걸어도 땀이 비 오듯 쏟아졌다. 걸음을 옮길 때마다 허벅지 사이가 쓰려서 걷기도 쉽지 않았다. 그런 예지가 혼잣말하듯 한마디 했다.

"이렇게 아파서 어떻게 살아."

"뭐라고?"

청이 예지의 중얼거림을 알아들으려고 멈춰 섰다. 하지만 예지는 말을 잇지 않았다. 고개만 가로저었다. 예지는 자꾸만 아프고 피곤했다. 머리를 벽이든 어디든 좋으니 잠시 기대기만 해도 잠에 빠질 것 같았다. 예지는 청의 차에 타고 있는 내내 눈을 붙이고 있었다.

청담동 723-1. 5층 높이의 고급 빌라 앞에 도착한 순간 예지는 다시 잠들고 싶은 마음이 간절해졌다. 비밀번호를 누르고 안으로 들어가 자동으로 켜져 깜빡거리는 센서등을 보자 머리가 혼미해졌다. 그곳은 층마다 자동문이 설치되어 있었고, 도어록 비밀번호를 빌라 입구에서 한 번, 층 입구에서 한 번, 현관문에서 한 번, 모두 세 번을 눌러야 입장할 수 있었다.

빌라 안으로 들어섰을 때, 예지는 가늘게 탄성을 내질렀다. 자신의 분신을 보는 것 같았기 때문이다. 두 세대 정도의 집이 합쳐진 듯 넓은 거실에는 원색의 소파들이 무성의하게 배치되어 있었다. 그리고 소파 위에는 여자들이 앉아 있었다. 예지가 등장하자 그들은 일제히 예지 쪽으로 시선을 돌렸다. 그곳에는 예지와 나이가 비슷하거나 예지보다 어린 여자아이들이 수술을 갓 마쳐 짙푸른 멍이 든 얼굴을 하고 있었다.

멍한 표정으로 주위를 둘러본 예지에게 청이 겸연쩍은 말투로 중얼거리듯 말했다.

"판다들이 생각보다 많네."

4

일주일이 지났다. 새벽 1시의 신도림역 디큐브시티 맥도
널드는 그저 한낮에 머물러 있는 것 같았다. 초등학생 민주
가 구석 자리에 앉은 구겨진 양복 차림의 남자를 지켜봤다.
남자는 살찐 체형은 아니었지만 튀어나온 아랫배를 셔츠로
가리지는 못했다. 계속되는 술자리를 이기지 못한 징표 같
았다. 남자는 반쯤 고개를 숙인 채 휴대전화에서 눈을 떼지
않았다.

　바로 옆에는 스포츠머리의 남자가 앉아 있었다. 그의 손
엔 다른 용도의 휴대전화가 쥐여 있었다. 그는 손님을 기다
리는 대리운전기사로 보였다. 둘 다 30대 중후반의 나이로
짐작되는 남성이었다. 민주는 둘 중 하나를 선택하지 못해

망설였다. 그러자 뒤에서 누군가가 휘파람을 부는 소리가 들렸다. 민주는 깜짝 놀라 뒤를 돌아봤다.

정화가 민주를 노려보고 있었다. 그 옆에는 정화에게 껌 딱지처럼 붙어 다니는 다른 여자아이도 있었다. 정화는 화장하지 않은 얼굴에 일자로 반듯하게 문신한 눈썹을 하고, 어울리지 않는 판다 모양의 귀걸이를 하고 있었다. 민주는 그런 정화를 두려운 눈길로 힐끔거렸다. 정화는 구겨진 양복을 입은 남자를 손으로 가리켰다.

민주가 다시 고개를 돌려 남자를 쳐다봤을 때, 그는 술 냄새를 훅 풍기면서 민주에게 휴대전화를 들이밀었다. 화면엔 정화가 알려준 앱 화면이 켜져 있었다. 진한 메이크업을 한 성인방송 BJ 같은 여자들의 사진이 빠르게 알림창에 뜨고 사라지기를 반복했다. 신도림과 영등포 모텔에서 언제나 존재하고 있지만 존재하지 않는 척하기로 되어 있는 밤의 세계. 그곳에선 끊임없이 돈이 오간다.

민주는 불안한 눈으로 주변을 살폈다. 남자가 자리에서 일어나 민주의 팔목을 붙잡았다. 민주가 다시 좌우를 훑었다. 모두 민주에게 관심 없다는 얼굴이었다. 술에 취해 엎드려 자거나 대리운전 콜을 기다리는 사람들. 커다란 가방에 짐을 챙긴 채 집을 나와 삼삼오오 모여든 밤을 떠도는 아이들. 그런 이들만 하릴없이 자리를 지키고 있었다.

민주는 맥도널드 밖으로 끌려 나왔다. 남자는 민주를 화장실 쪽으로 데려가며 한마디를 툭 던졌다.

"3355로 암폐 이체한다. 그다음엔 어떻게 하는지 알지? 암폐 푸는 건 씨발, 니 능력껏 처리해."

남자에게 끌려가면서 민주는 계속 뒤를 돌아봤다. 정화와 가출 친구 두어 명이 맥도널드 유리창 너머로 민주를 바라봤다. 민주는 그들이 밖으로 나올 타이밍만 기다리고 있었다. 민주가 결국 남자 화장실로 들어가자, 정화가 자리에서 일어났다. 하지만 정화와 두 친구는 밖으로 나갈 수 없었다. 야전 상의 차림의 남자가 정화를 출구에서 막아 세운 것이다.

아무리 기다려도 정화가 오지 않자 민주는 비명을 질렀다. 남자의 팔목을 깨물었다. 깜짝 놀란 남자가 민주의 몸을 강하게 밀었다. 민주는 그대로 도망쳤다. 정화가 그 모습을 황당한 얼굴로 바라봤다. 정화는 자길 방해하는 남자와 도망치는 민주를 번갈아 보며 불만 가득한 표정으로 쏘아붙였다.

"아, 씨발. 경찰 아니죠?"

정화 말대로 그는 경찰이 아니었다. 짧은 스포츠머리에 부르튼 입술, 가무잡잡한 피부의 남자는 정화를 신도림역 인근 공원으로 끌고 갔다. 담배를 입에 문 남자는 정화에게도 한 개비 건네려다 말고 담배에 불을 붙였다.

"내가 미쳤지. 미성년 죽돌이한테."

"씨발, 남 영업하는데 재수 없게 뭐 하는 거예요?"

"아가리 닥쳐. 씨발년아. 어른한테 계속 대들어라."

"어른은 무슨 어른."

"이 씨발년이."

남자도 만만치 않았지만, 정화의 독기를 당해내긴 어려웠다. 정화의 치켜뜬 눈에서 쏟아져 나오는 섬뜩한 섬광을 쉽게 무시할 수 없었다. 정화의 머리채를 붙잡을 기세로 덤벼들던 남자가 순간적으로 행동을 멈춘 이유는 독기 어린 눈빛 때문이었다. 정화는 남자의 정체를 알 것 같았다.

"예지는 왜 또 찾아요?"

정화의 질문에 남자가 울분에 찬 목소리로 답했다.

"내 딸내미 내가 찾아서 혼내겠다는데 뭐, 잘못됐냐."

"그게 아니겠지."

"뭐?"

"아뇨, 됐어요."

"닥치고 제대로 말이나 풀어라. 내 딸내미, 서예지, 지금 어딨어?"

"씨발."

"두 번 안 물어. 제대로 불어라."

"……."

"니들 신도림 숙소에도 가봤는데, 안 보이더라. 어디다 치운 거냐고!"

　"숙소 떴어요. 숙소 떠서……."

　"그래서?"

　"강남에 들어갔어요."

5

　강남의 한 클럽이었다. 검은색 파티션이 ㅁ자로 에워싼 그곳. 그 스퀘어에는 아무나 들어갈 수 없었다. 그곳에는 ㄱ자 모양의 검은 소파가 있었고, 그 앞엔 불투명한 유리 테이블이 놓여 있었다. 불빛의 출처는 값비싼 브랜드 로고가 선명히 박혀 있는 스탠드 조명등이 전부였다. 파티션과 천장 사이에는 가는 틈새가 있었다. 현란하고 복잡한 원색 광선이 그 틈새를 파고들었다. 광선의 틈입으로 검은 소파의 표면은 누군가 원색의 꽃가루를 뿌려놓은 것처럼 어지럽게 번쩍거렸다. 번잡스러운 불빛 탓인지 예지는 현기증이 날 것 같았다.

　ㅁ자 파티션 내부의 세상은 사이키델릭 음악의 늪에 빠져

버린, 끝내주게 질척거리는 혼란의 향연이었다. 유리 테이블 위에 한가득 엎질러진 샴페인과 와인과 크리스털의 자태를 과시하는 유리잔들이 수북했다. 검은 소파에는 예지보다 한두 살 연상으로 보이는 긴 머리 여자가 정신을 잃은 채 쓰러져 있었다. 짙은 스모키 화장 때문에 얼굴을 알아볼 수도 없었다.

긴 머리 여자는 바인딩되기 전까지만 해도 클럽 톱이었다. VIP들을 위한 놀이 공간인 파티션 구역으로 들어오기 전, 홀에 있는 스테이지에서 그녀는 클럽이 본격적으로 뜨거워지는 새벽 1시부터 이벤트 메이커 역할을 했다. 흥을 돋우기 위해 투입된 DJ 역시 계속해서 사이키 조명을 긴 머리 여자에게 쏟아부었다.

그렇게 선택된 긴 머리 여자가 클럽의 VIP들이 바인딩해 놓은 파티션 내부 공간으로 오자 검은색 선글라스를 쓴 MD 한 명과 말쑥하게 슈트를 차려입은 중년의 두 남자에게 뜨거운 환영을 받았다. VIP들과의 만남이었다.

두 중년 남자는 클럽의 생리를 이용해 쾌락과 이윤을 동시에 추구하는, 이곳 강남 클럽 필드의 잔뼈가 굵은 장사치들이었다. 암호화폐나 우회 상장, 수입차 렌트 같은 평범하지 않은 방법, 다시 말해 편법을 구사해 단시일에 천문학적인 돈을 끌어모은 이들은 강남 클럽을 통해 자신들의 사업

규모를 계속 불리고 싶어 했다. 그들은 강남 술집 언저리를 떠도는 강남꾼들을 스카우트하고 모집해 MD라는 그럴싸한 호칭을 붙여주었다. 그렇게 판을 키우고 돈을 모으고 VIP들을 그들만의 서클에 편입시키면서 가장 원초적인 놀잇감을 제공하는 게 그들의 사업이었다. 여자아이들을 조달해 술집의 콜걸보다 훨씬 더 많은 액수의 베팅을 유도하면서 그들을 쾌락의 배설구로 설정하는 것. 배설구를 다양한 방법으로 소비하는 것. 그렇게 소비하는 과정에서 자신들끼리 서로의 폭탄 같은 약점을 붙잡아두는 것. 언제 터질지 모르는 폭탄 돌리기를 시도하는 것. 그게 그들이 추구하는 사업 방식이었다.

물론 처음엔 강남에 눌러앉은 잘 노는 건달 한두 명의 기획에 지나지 않았다. 다들 저런 것도 사업이라 불러줄 수 있구나, 하며 특이해하는 정도였다. 하지만 돈이 붙기 시작하고 걷잡을 수 없는 속도로 불어나자 너도나도 그 사업을 메인 수익 모델로 만들었다. 그 수익 모델로는 분명히 누군가 피를 흘리는 희생이 뒤따르리라는 것은 누구나 알 수 있었다. 그러나 이미 포악한 폭탄 돌리기는 오래 전에 시작되었다.

남자들은 턱 밑까지 사탄을 상징하는 문신으로 덮여 있었다. 예지는 긴 머리의 여자를 주시했다. 검고 혼란스러운 공간이 더욱 어지러워지겠구나 생각했다.

"뭐야. 여자 있었네."

"그냥 아는 동생이에요."

"얘는 그냥 갈 거예요. 쩌리야, 쩌리."

시가를 닮은 굵은 두께가 인상적인 담배를 입에 문 남자는 그새 정신을 차린 긴 머리 여자와 너스레를 떨었다. 다른 남자는 부담스럽게 보이는 넥타이핀을 계속 만지작거렸다. 긴 머리 여자를 뚫어져라 쳐다보고 있어 마치 눈으로 그녀의 몸을 더듬는 것 같았다. 그러고는 테이블 위에 열 잔 넘게 놓인 유리잔 중 하나를 골라 샴페인을 따랐고, 은근히 샴페인 가격을 과시했다.

"아까 톱클래스 끊는 거 멋지던데? 이것저것 따지면 거의 1억짜리 샴페인이야. 한잔해요."

MD 녀석이 어쭙잖은 자세로 리듬을 타며 긴 머리 여자의 귀에 대고 뭔가 열심히 속삭였다. 그녀는 두 남자의 면면을 살폈다. 클럽 입장에서 그들은 아프리카 방송으로 따지면 벗방 BJ에게 거금의 별풍선을 보내 채팅방의 모든 사람을 '지리게' 만든 이들이었다.

두 남자는 50대가 충분히 넘어 보였다. 그러나 MD의 끊임없는 설득으로 그들에겐 후광이 비쳐 보였다. 그들의 집안, 재력, 능력에 관한 이야기는 긴 머리 여자에게 매혹적으로 들렸다. 예지는 이미 비슷한 패턴의 대화를 수차례 들었다. 두 남자 사이에서 적잖은 양의 양주와 샴페인을 입에 털어 넣은 예지는 헝클어진 머리카락을 손가락으로 매만졌다. MD가 보여준 소위 입 털기의 힘일까. 긴 머리 여자는 남자가 건넨 1억짜리 샴페인을 받아 들었다. 그리고 빠르게 한 모금을 마시고 잔을 비웠다. 그러자 다른 남자가 샴페인을 병째로 여자에게 건네 한 모금 더 마시게 했다.

"잘 마시네."

"근데 놀 수나 있으세요? 원래 이 정도 나이면 입뺀 각 아닌가?"

긴 머리 여자가 남자들에게 농담을 건네며 자리에 앉았다. 하지만 긴 머리 여자의 농담을 남자 둘은 농담으로 받지 않았다.

"씨발년이 뭐라는 거야."

대뜸 튀어나온 욕설에 긴 머리 여자가 당황하는 표정을 보이자 MD 녀석이 키득거렸다. 새 담배를 입에 문 다른 남자가 긴 머리 여자에게 말했다.

"어떻게 노는 게 잘 노는 건데?"

"그런데요, 왜 바로 말을 놓지? 액면가 높아 보이는 것도 많이 양보했는데, 좀 심하네."

"심한 건 미친년아, 너야. 여기까지 흘러들어 왔으면 어떻게 노는지 결심 단단히 하고 들어와야 할 거 아냐."

"무슨 결심을……."

긴 머리 여자가 뭔가 대꾸하려 할 때, 그녀의 머리가 자신도 모르게 소파 뒤로 젖혀졌다. 정신을 차리려는 듯 고개를 세차게 두어 번 흔들었지만 별다른 효과가 없어 보였다. 눈동자의 초점이 점점 흐릿해졌고, 뭔가 일이 잘못되어가고 있음을 느끼고 자리에서 일어서다가 아예 중심을 잃고 쓰러졌다. 남자 한 명이 긴 머리 여자가 형편없이 무너지는 모습을 보며 사냥감을 잡은 포수의 비열한 성취감이 담긴 미소를 지었다.

"씨발, 이래서 김치년들은 안 돼."

"1억짜리라니까 바로 받고 오럴하는 거 봐. 야, 걸레."

옆자리에 앉은 남자가 예지의 턱을 움켜쥐고 맞은편에 쓰러진 긴 머리 여자 쪽으로 고개를 꺾는다.

"이제 우리의 뉴페이스, 주니어 걸레가 등판할 타이밍이 왔다."

"레즈플이 제일 재밌더라. 한번 감상해보자."

"야, 사쿠라."

남자가 사쿠라를 부르자 MD가 고개를 돌렸다. 사쿠라는 MD의 애칭이었다. 클럽 MD 사쿠라가 뒷주머니에서 무전기를 꺼내 누군가를 급하게 호출했다. 담배를 입에 문 남자

는 타이를 끄르며 테이블 위 술병 가운데 와인병 하나를 집
어 들었다. 병마개에 꽂아둔 오프너를 뽑아 예지의 손에 쥐
여줬다. 그리고 말했다.

"계산은 미리 했다."

사쿠라가 고개를 끄덕이며, 예지의 팔을 붙잡아 억지로
일으켜 세웠다.

"네가 지난번에 청담동 라운지바에서 죽여줬다며. 이번에
도 기대할게."

"씨발, 이게 말이야. 연출인 거 훤히 아는데 재밌어."

남자가 셔츠를 팔꿈치까지 힘껏 걷어 올리더니 주사 한
대를 놓았다. 이를 지켜보던 다른 남자가 이죽거리며 말했
다.

"내 친구지만 얘는 참 고전적이야. 그냥 코로 들이마시면
되지. 지가 무슨 의사야. 셀프로 주사 놓고 셀프로 맛 가고."

"그래서 제가 두 형님을 애정하는 거 아니겠습니까. 영원
한 청춘! 아이돌의 시조새."

"지랄 그만하고 빨리 시작해보라니까."

오프너를 손에 쥔 예지가 비틀거리며 자리에서 일어섰다.
이미 스타킹 곳곳에 찢긴 흔적이 역력했다. 더구나 예지의
브래지어와 팬티가 검은 소파 밑에 떨어져 있었다. 술을 마
시다가 몸에 부어버렸는지 원피스가 샴페인 빛깔에 물들어

134

있었다.

예지가 테이블로 올라갔다. 머리를 질끈 뒤로 묶고 난장판을 만들기 시작했다.

"너희는 진짜 이상해. 돌아버렸어, 병맛 새끼들."

혼잣말이 습관처럼 흘러나왔다. 시선을 어디에 둬야 할지 예지는 아무런 판단도 할 수 없었다. 예지는 오프너를 손에 쥐고 긴 머리 여자의 몸을 난도질하려는 듯 휘둘렀다. 그녀의 백색 원피스가 이내 오프너의 날카로운 면과 접촉하면서 무자비하게 찢겨나갔다. 한두 번 해본 솜씨가 아닌 듯 예지는 최소한의 검열과 제약도 없이 긴 머리 여자의 몸을 찌르고 할퀴었다. 여자의 얼굴에 붉은 실금이 거침없이 그어졌다. 정신을 잃어가는 여자는 통증이 자신의 몸을 파고들 때마다 두 손을 휘저으며 저항해봤지만 무자비하게 덤벼드는 예지의 파괴력 앞에선 속수무책이었다. 잔뜩 움츠린 고양이 같던 예지는 유리 테이블 위에서 여자를 향해 칼부림에 가까운 가학행위를 멈추지 않았다.

예지는 훌쩍이고 있었다. 누구도 알 수 없는, 예지 자신만이 아는 울음이었다. 이 끔찍한 밤에서 살아남기 위해선 미쳐버린 가해자가 될 수밖에 없다는 현실 앞에 쏟아내는 눈물이었다. 하지만 예지가 울수록 긴 머리 여자는 지옥을 맛봤다. 이를 그럴싸한 퍼포먼스로 인지하는 남자들은 수위가 점점 높아질수록 몸이 달아오를 뿐이었다.

예지는 여자의 머리를 오프너에 달린 칼로 잘라내려 했다. 뜻대로 되지 않자 신경질적인 반응을 보이며 아예 여자의 머리채를 있는 힘껏 잡아당기거나 머리를 기울여 샴페인을 붓고 축축해진 머리채를 손으로 움켜쥔 채 뜯어내기도 했다. 예지의 악다구니로 인해 여자는 자연스럽게 유리 테이블 위로 엎어졌다. 두 남자는 자리에서 일어났다. 긴 머리 여자가 농락당하는 과정을 흥미롭게 지켜봤다.

예지는 피투성이가 된 여자의 갈기갈기 찢어진 원피스와 속옷을 벗겼다. 술과 케이크 크림을 여자의 성기와 유두에 바르면서 여자를 애무했다.

예지의 행동은 필사적이었다. 눈이 점점 풀리고 있는 남자들의 모습을 흘깃흘깃 살피며 최대한 자극적이고 민망한 상황과 몸짓을 만들어내려 발버둥 쳤다. 여자와 예지는 로드킬을 당하기 직전 두려움으로 다리를 벌벌 떠는 짐승 두 마리였다.

볼륨을 최대로 높인 음악이 클럽 전체를 잠식했을 때 폐쇄된 구역에서는 은밀한 범죄가 일어나고 있었다. 남자들은 옷을 모두 벗은 채 긴 머리 여자에게 접근했다. 그들은 왕이었다. 힘을 가진 자는 뭐든 할 수 있는 전능한 존재가 되고 힘의 투쟁에서 무릎 꿇은 이들은 지옥의 전시물이 되었다.

예지는 정복자들에게 피 흘리는 먹잇감을 바치기 위해 더욱 필사적으로 긴 머리 여자를 학대했다. 술병을 깨 여자의 목덜미와 가슴에 긋는 일은 처참함의 정점을 찍는 장면이었다.

잠시 후, 예지를 파티션 구석으로 몰아내고 두 남자가 긴 머리 여자를 강간했다. 사쿠라는 연신 무전기를 들고 다니며 두 육식동물의 섭식 장면을 실시간 중계하려는 것처럼 두 눈 부릅뜨고 지켜봤다. 두 남자는 정말이지 최선을 다해, 의식을 치르듯 자신의 성폭력에 모든 것을 쏟아부었다. 그들에겐 이 모든 순간이 비즈니스의 일환이었으니까. 하룻밤에 수억이 되는 돈을 허비하지만 그들은 분명 알고 있다. 이렇게 돈을 쏟아부은 이벤트를 자신들의 멤버 중 누군가가 관음증 환자처럼 관찰할 것이다. 그리고 그들이 관찰한 장면은 강남의 클럽이나 술집의 전설로 떠돌 것이다. 쾌락의 비즈니스에서 예지와 긴 머리 여자 같은 희생양이 얼마든지 공급될 수 있다는 자신감으로 이들은 군림할 것이다. 그들이 스카우트한 MD들은 거리의 미성년 여자애들을 헌팅하기 위해 강남, 건대, 인천 주안역 등지를 어슬렁거릴 것이다. 그러다 포식자가 원하는 조건에 맞아떨어지는 타깃이 정해지면 무슨 수를 쓰든 이 아수라장 안으로 끌어들일 것이다.

예지는 구석으로 물러난 뒤에야 손에서 오프너를 놓을 수 있었다. 강간을 하다 잠깐 쉬는 타임을 가지려는 듯 남자 한 명이 구석으로 나왔다. 그가 예지를 보고 말을 걸었다.

"역사 이야기 하나 해줄까. 절대 안 바뀌는 역사."

"……."

"너 같은 년들은 딱 하나만 하면 돼. 생식이거나 제물이거나."

"……."

"씨발, 대가리 나빠 알아듣지도 못하겠지만 보지들은 죄다 몰살시켜야 해."

"……."

"내기할까. 내가 조사받나 안 받나, 씨발. 보지 구멍 속에 쩐이나 쑤셔주면 질퍽거리면서 존나 조여대는 게 너 같은 년들이 하는 짓이야. 하긴 돈 찔러주면 존나 벌려대는 건 썹조선이면 연놈 할 것 없이 다 그렇긴 하다."

예지가 반응을 하지 않자 남자는 악에 받친 듯 예지를 노려보며 강간에 몰두했다. 자신의 몸놀림을 보라는 듯 자신 있게 허공으로 팔을 뻗었다.

"어때, 너도 오빠랑 하고 싶냐."

3장 〰〰〰〰〰〰〰〰〰〰〰〰〰〰〰 어쩌면 유일한

탈
출
법

1

"거기서 안 자고 왜 여기로 왔어?"

"그게 왜 궁금해?"

"당연히 궁금하지. 얼굴 존예라고 데뷔하자마자 스트레이트로 VIP까지 진출한 건데."

정화가 말을 하다 말고 입가에 묻은 침을 닦았다. 말하는 도중에 침이 튀었는지 예지가 얼굴을 찡그렸기 때문이다. 정화는 예지의 눈치를 보는 듯 눈알을 위아래로 한번 굴린 뒤 말을 이었다.

"왜? 술 팔고 따먹히고 사기 치는 룸빵 꽃뱀 방이라서 나오고 싶었어?"

말은 위악적으로 해도 그 방을 이야기하는 정화의 눈동

자가 점점 커졌다. 입가에는 또다시 침방울이 맺혔다. 그 방에 출입하는 예지에 대한 격렬한 부러움이 뿜어져 나왔다. 그런데 왜일까. 정화가 비꼬는 듯하지만 실상은 그 방을 찬미하는 말을 거듭할수록 예지의 눈은 한곳에 가만있질 못했다. 깊게 파인 눈두덩이 살갗이 심하게 흔들렸다. 안정을 찾기 어려웠다.

가출팸에서 스카우트된 사례 가운데 톱에 꼽힐 정도로 예지는 성매매 시장에서 두드러지게 성가를 올렸다. 라운지바에서 시작해 강남 메이저 클럽에서 한 타임당 수천만 원을 호가하는 VIP룸에 투입되었다. 일반 여성을 강간할 때 보조재가 되기도 했고, 변태 성행위의 시그니처로 통하는 스리섬의 플레이어로 뛰기도 했다. 떨로 불리는 신종 대마를 코와 입으로 들이마시고 침 흘리며 주인을 기다리는 개 흉내를 낼 때도 있었고, 거금을 내고 소녀의 하이힐을 핥고 싶어하는 손님을 만나 편하게 시간을 때우다 온 적도 있었다. 사회적으로 어깨를 펴고 다니는 사람들의 민낯과 속살을 보며 예지는 처음에는 무서웠고 다음에는 의아했지만 종국에는 조소하게 됐다. 그들만의 무대에서 유망한 배우로 자리 잡은 예지는 꺼지지 않는 불빛을 자랑하는 강남의 밤에 빠르게 편입되었다.

강남은 어떤 곳인가. 신흥직업군이 생겨나고 IT 재벌이

늘어나는 곳. 분기마다 증권사 애널리스트들이 혀를 내두를 정도로 기하급수적인 성장을 이어가는 곳. 달콤한 말로 더 높은 수익률을 보장하며 첨단의 금융 파생상품을 찍어내는 곳. 해가 바뀔 때마다 부동산 가격이 신기록을 경신하며, 가만히 자리만 지키고 있어도 자식과 손주 가릴 것 없이 아무것도 하지 않고 호의호식할 수 있는 곳. 울타리를 쳐놓고 그 속에서 그들만의 멤버십을 꾸려 평범하게 살아가는 이들의 일상을 구경하듯 지켜보는 곳. 이른바 평민들의 악다구니를, 콜로세움에서 피 흘리며 숨이 넘어갈 때까지 발버둥 치는 노예의 꿈틀거림처럼 감상할 수 있는 곳.

강남은 가장 현대적인 도시 같아 보이지만, 가장 전근대적인 도시이기도 하다. 강남에는 여전히 포주가 있고, 인신매매가 기승을 부리고 있다. 날마다 성을 착취당하며 인간 이하의 취급을 받는 이들의 존재에 대해 누구나 짐작하고 있지만, 신문과 방송, 인터넷 커뮤니티와 유튜브 어디에서도 입을 다물어준다. 오늘도 강남에서는 노예들이 모이고 모여 생존을 위해 서로 착취하고 물어뜯고 있다. 이들의 허덕임을 통해 괴물처럼 몸집을 키우는 음험한 도시가 바로 강남이다.

강남의 원시적인 포주들 사이에서 예지는 블루칩으로 불렸다. 청도 예지를 볼 때마다 블루칩이라고 친근하게 인사

했다. 청이 이 일을 시작한 이래 예지는 가장 잘나가는 콜걸이었다. 가출팸 두 곳의 리더인 청은 아이들을 관리하며 성매매 업소들과 연결해주는 일을 했다. 중간급 관리자로 볼 수 있었지만, 실질적으로는 콜걸을 싣고 다니며 콜카 역할을 하는 정도였다. 그런 청이 배짱을 부릴 수 있는 것은 예지 덕분이었다.

지난달에는 렌트해서 쓰던 흰색 벤츠를 구입했다. 갓 스무 살을 넘긴 청은 성공한 사업가라도 된 것처럼 허세를 부리며 강남 대로를 시원하게 달렸다. 그러고 나서 사이판이나 정태, 보이쉬 등의 예명으로 불리는 포주 MD들과 만날 때는 영업용 봉고차로 갈아타고 나타났다. 고급 콜걸을 원하는 VIP 명단을 확보하고 있는 포주 MD들의 기세는 그만큼 대단했다. 청은 포주 MD들과 일정 부분 계약을 맺고 VIP 섹스 파티에 예지를 배우나 파티 당사자로 집어넣고, 기사가 되어 태우고 다녔다.

예지의 손안에 들어온 수입은 미미했다. 밤새워 몸 곳곳에 피를 묻히고 침을 뱉으며 떨이나 뽕에 취해 환각의 무통증, 그 지독할 정도로 우울한 심연에 빠져드는 경험을 감수하는데도 예지에게 떨어지는 몫은 무척 적었다. 이유는 많았다. 적립금, 수수료, 성형출자금, 강남 자릿세, 바인딩 분할 등의 명분이 붙은 명세표는 괴이해 보였다. 청이 예지에게 건네는 속칭 화대란 것은 제법 값비싼 술집에서 술 한잔 먹고 끝내는 수준 그 이상으론 보이지 않았다.

그래도 예지는 엄연히 블루칩이었다. 블루칩이 한낮에 강남이나 논현, 청담이 아닌 신도림까지 와서 눈을 붙여야 할 이유를 청을 비롯한 가출팸 아이들은 알 수 없었다. 창문을 닫아놓으면 빛 한 점 들어오지 않는 신도림 지하방에 말이다. 하루 벌어 하루 동안 술 마시며 즐기는 게 인생을 끝내주게 보내는 유일한 방법이라고 믿고 있는 가출팸 아이들에게는 이해할 수 없는 기행이었다. 그들은 강남으로 진출하는 티켓을 잡은 예지가 부러울 따름이었다.

예지는 벽을 향해 돌아누웠다. 예지가 별다른 대답을 하지 않자 정화는 더욱 신경질적으로 물었다. 예지가 독단적으로 행동하는 것 같아 보였다.

"말해봐. 강남에서 올나이트하고 노는 애가 뭐가 아쉬워 여기, 신도림까지 왔냐고. 강남에서 아웃당하기라도 한 거야?"

예지는 별다른 대꾸를 하지 않았다. 눈을 뜬 채 벽만 멀뚱멀뚱 지켜봤다. 그때 창밖에서 디젤차가 내는 요란한 배기구 소리가 들렸다. 정화가 귀를 쫑긋 세우며 말했다.

"너 데리러 왔나 보다."

"오늘은 좀 잘 거야."

145

"혹시 억울해서 온 거야? 니가 몸 팔아 번 돈, 우리 애들이 찐 붙어 존나 억울해?"

정화는 휴대하던 커터칼을 꺼냈다. 예지의 목에 겨누는 시늉을 두어 번 반복했다. 예지는 헛웃음이 나왔다. 정화를 가만히 바라보다 부탁하듯 말했다.

"몇 시간만 자다 갈 거야. 별거 아니잖아."

"내 말이. 강남에도 숙소 있잖아. 거기서 자면 여기까지 왔다 가는 시간 세이브할 수 있잖아. 그런데 이게 무슨 생지랄이냐고."

"거기선 잠이 안 와."

"여기선 잠이 잘 오고?"

예지가 고개를 끄덕였다.

"여기가 무슨 수면방이냐. 잠만 처자고 가게."

"왜 그래?"

"뭐가?"

"꼭 내가 오면 안 되는 것처럼 굴잖아."

그 순간 정화는 뭔가 숨기고 있는 걸 꺼내려는 듯 시선을 흘려보냈다. 이내 상황을 뭉개는 전형적인 말투로 대응했다.

"아, 씨발년아. 너 같은 덩치가 와서 곰처럼 누워 있으면 잘 자리가 비좁아지니까 그러지."

정화가 더 말을 이어가려고 할 때였다. 뒤에서 퍽 소리가 났다. 정화의 뒤통수를 누군가 강하게 후려쳤다. 나비 문신을 하고 검은색 선글라스를 쓴 남자. 청이었다. 정화는 삐죽 튀어나온 입을 얼른 집어넣었다. 청은 선글라스를 벗고 실크 셔츠를 허리에 욱여넣더니 정화를 향해 몇 마디 빠르게 쏟아부었다.

"시비 걸지 말고 일단 자게 놔둬."

정화가 한 소리 듣자 방 안에 좀비처럼 처박혀 있던 초등학생 여자아이들이 통쾌한 미소를 지었다. 곧 눈알 가득 독기를 품고 정화가 째려봤다. 청은 다시금 쏘아붙였다.

"다른 애들 관리한다면서 갈구지 좀 말라고."

정화는 풀 죽은 얼굴이 되었다. 예지는 정화의 약해진 모습을 보는 게 어색했다. 짠한 마음이 생기기 전에 고개를 돌렸다.

얼마나 잤을까. 부스럭거리는 소리에 예지가 눈을 떴다. 낮에 정화가 물었을 때 뭐라 대답할지 몰랐지만 예지는 오늘 꼭 이 방에 들르고 싶었다. 천장은 낮고, 불빛도 음침하고, 휴대전화 충전기 잭만 너덜너덜하게 굴러다니는 이 방에 말이다. 청담동 723-1. 원룸이라 부르기엔 아찔하게 넓던 그곳이 생각났다. 고급 원단을 쓴 붉은색 소파와 투명하게 빛나던 유리 테이블까지. 예지는 떠올리는 것만으로도 그

뾰족한 모서리에 찔릴 것 같은 기분이 들었다.

그 방과 이 방에는 무슨 차이가 있는 걸까. 예지는 돌아누워 방을 쓱 둘러봤다. 언젠가 정화에게 처절하게 얻어터지고 피 묻은 셔츠를 물에 씻어내지도 못한 채 벽 보고 잠들던 밤이 떠올랐다. 지금 예지에겐 그 일이 추억처럼 느껴졌다.

정화는 수선스러웠다. 모처럼 앱으로 건수를 하나 문 모양이었다. 거울을 보며 아이라인을 그렸다 지우기를 되풀이했다. 정화는 히피 펌을 고데기로 펴서 어색해진 머리를 하고 있었다. 여느 때처럼 거울을 보며 씩씩거렸다.

예지는 대각선에 누워 그런 정화를 거울로 지켜보았다. 정화와 눈이 마주쳤다. 정화는 눈 깔라는 말을 하며 위협했다. 예지가 정화 옆으로 갔다. 고데기를 들고 머리를 만들어 주기 시작했다.

"가, 씨발년아."

정화는 볼에 흘러내린 눈물을 쓱 닦았다. 눈물이 아이라인을 타고 먹물이 되어 떨어졌다.

"내가 존나 어렸을 때 말이야. 오빠라고 하나 있는 게 존나 개 같아서 내 앞에서 별 변태 짓 다 했거든. 맨날 집 들어오면 라면, 라면, 라면! 그 소리만 지껄여. 그 새끼한테 라면 끓여 주면 휴지 갖다 달라고 하고. 안 하면 가슴에 담배빵하고……. 그 좆같은 새끼한테 처맞고 박히고, 나중에는 씨발,

몸까지 팔게 시키더라. 그렇게 피자마루 쿠폰도 생기고, 죠스떡볶이도 먹고, 피시방 이용권도 받고 공폰도 받고 그랬어. 나 그렇게 큰 년이야, 씨발. 서예지 니가 알아?"

예지는 그날 정화의 머리 모양을 새로 만들어주며 팔이 떨리지 않도록 부단히 애써야 했다. 아빠한테 당한 수많은 날들이 눈앞을 지나갔기 때문이다. 예지는 정화를 꼭 안아줬다.

2

잠을 조금 더 자려던 예지를 청이 데리러 왔다.

"여기서 이상한 냄새 나지 않냐. 팬티에 오줌 묻은 냄새."

청은 지하 계단을 올라갈 때 양미간을 찌푸렸다.

"당연하지. 난 여기 애들이 씻는 걸 못 봤어."

예지는 코를 킁킁거렸다. 금색 목걸이를 차고 있는 청의
실크 셔츠에서 향수 냄새가 진하게 배어 나왔다. 그 냄새도
썩 좋은 냄새는 아니었다. 예지도 얼굴을 찡그렸다. 지린내
보다야 낫지만 청이 고깃집 페브리즈 뿌리듯 수시로 온몸에
도배하는 고가의 향수 역시 역한 것은 마찬가지였다.

"그러게 말이야. 정화 걔는 애들 케어도 안 하고 뭐 하냐."

"정화 너무 욕하지 마. 나쁜 애 아냐."

청은 무슨 일이냐는 듯 예지를 쓱 바라봤다. 예지는 별일 없다는 듯 어깨를 으쓱했다.

계단을 밟고 1층에 올라오자마자 흰색 벤츠가 보였다. 우측 후미가 심하게 파인 흔적이 역력했다. 범퍼가 심하게 가라앉았으며, 전조등 부분도 형편없이 깨져 있었다. 청이 움푹 팬 범퍼 부위를 보며 짜증스럽게 한마디 했다.

"올나이트하면 꼭 이렇게 스크래치가 난다니까, 씨발. 보험도 안 되는 대포차인데, 이걸 어디 가서 고쳐."

"사이판이 돈 줄 거 아냐."

"지랄지랄하면서 주겠지. 말만 하면 쌉다행이지. 씨발, 아구턱 좀 그만 때렸으면 좋겠어."

말을 하면서도 청의 하관이 좌우로 규칙적으로 움직였다. 청은 어긋난 뼈를 이어 맞추는 접골사처럼 잔뜩 인상을 쓰며 턱을 매만졌다. 차 문이 열렸다. 예지가 뒷좌석에 탔다.

"왜 뒤에 타?"

"뒤가 편해. 알잖아."

뒤가 편하다는 말을 듣는 순간, 청은 뒷좌석 바닥으로 자연스레 고개를 돌렸다. 영화제 시상을 위해 마련된 레드카펫 같은 느낌을 품은 바닥에는 콘돔과 심이 부러진 주사기와 휴지와 찢어진 팬티와 스타킹과 생리대와 담배꽁초와 먹다 남은 에너지 드링크 깡통이 나뒹굴었다. 예지는 몸을 숙여 꽁초 하나를 주워 불을 붙였다. 그게 룸미러로 보였다.

"왜 피우고 버린 담배를 갖다가. 구질구질하게."

"청."

"이름 막 부르고. 블루칩 되시더니 씨발년아, 뵈는 게 없으신가 봐요."

흰색 벤츠는 빠른 속도로 300미터가 넘는 일방 통행로를 후진으로 빠져나갔다.

"청은 이 차에서 오래 있잖아."

"뭔 소리야?"

"술집이나 클럽 문 여는 밤 내내 청은 이 차에서 대기 타고 있잖아."

"그래서?"

"지겹지 않아?"

"지겹다고?"

지겹다는 말이 뭐랄까. 청에겐 처음 들어보는 단어처럼 들렸다. 청은 예지를 비롯해 단골 남자 고객들과 업소와 클럽 사이에서 콜걸을 내보내는 기사 노릇을 하며 긴 시간을 차에서 보냈다. 청은 약간 머리를 굴려보는 듯한 뚱한 표정을 지었다가 이내 껄렁한 모습으로 돌아왔다.

"그래도 발레파킹하는 것보다는 나아. 신도림 찜질방 틀어박혀서 늙다리 찌질이들 지갑 터는 것보단 백번 낫지."

"얼마나 번다고."

"넌 사이판이나 정태 같은 형들이 찔러 죽이고 싶은 씹새끼에 기생충으로만 보이지? 너 팔아먹고 너한테 존나 붙어서 쪽쪽 빨아먹고. 그것도 모자라 별별 지랄 같은 플도 시키고. 그래도 그게 아니야."

"그게 아닌 게 뭔데?"

"사이판 같은 양아치들도 강남 와서 자리 잡으려면 얼마나 악 써야 하는 줄 알아? 보통으론 어림도 없어. 어떻게든 지랄발광을 해서라도 눈에 뜨여야 한단 말이야."

예지가 필터 끝까지 피우던 담배꽁초를 그대로 시트 바닥에 버렸다. 혀를 길게 내밀어 쓴맛을 지우려고 입맛을 다셨다. 청이 말을 이었다.

"양아치가 메이저리그 뛸 정도면 뭔가 확실한 이벤트가 있어야 한다 이 말이야. 그냥 매너 찾으면서 놀면 백 퍼 묻혀. 내가 씨발 뭐가 좋다고 사이판, 그 악마 새끼를 이렇게 말하는지는 모르지만, 여하튼 너도 잘 버티고 있으면 그렇게까지 좆같지만은 않다는 거야."

"지랄하네. 죽이고 싶다면서."

"모가지 따고 싶은 건 따고 싶은 거고. 리스펙은 리스펙이고."

"……."

"그러니까 씨발 쌍년아, 돌발행동 좀 하지 마라. 청담으로 투입시켰더니 갑자기 신도림 지린내 나는 곳으로 튀어버리면 중간에서 좆 되는 건 나라고."

청이 하소연하듯 예지에게 말했다. 어느새 석양이 지고 저녁이 되었다. 높은 빌딩들의 그림자가 길게 늘어졌다. 도시 전체가 깊은 어둠 속에 빨려 들어간 것 같았다. 청의 눈가에도 깊게 그늘이 졌다.

예지는 청의 바로 뒤, 운전석 뒷좌석으로 몸을 옮겼다. 손을 뻗어 수동제동장치가 설치된 곳에 아무렇게나 꽂힌 청의 휴대전화 하나를 집었다. 청의 스마트폰 다섯 개 중 가장 구형이었다. 청은 평소에 서너 개의 폰을 기본으로 가지고 다녔다. 이곳저곳 수시로 연락하며 업자와 업자를 연결했다.

"왜?"

"패턴."

"기역."

예지는 ㄱ자를 그어 패턴을 풀었다. 바로 유튜브 화면이 떴다. 예지가 손으로 스크롤을 내렸다. 청이 자주 보는 유튜브 채널들이 나왔다. 올림픽대교로 진입하자마자 청은 액셀러레이터를 힘껏 밟았다. 흰색 벤츠에서 요란한 소리가 났다. 이리저리 차와 차 사이를 파고들며 빠른 속도로 주행했다.

"뭘 보려고?"

"허구한 날 차 안에서 뭘 열심히 보길래."

"너 같으면, 니들 호텔 들어가서 빠구리 뜰 때, 차에서 뭐 하겠냐."

"그러니까 왜 이런 걸 보냐고?"

"성공하려면 배워야지. 양아치로 뒤지지 않으려면. 어떻 게든 살아남을 거야."

청의 눈은 젊은 전도사처럼 열정적으로 빛났지만 어딘지 텅 비어 보이기도 했다. 곧 그가 입을 다물었다. 청은 멍한 눈으로 창밖을 바라보며 이따금 고개만 끄덕였다. 예지는 그게 긴 시간 누군가를 기다리는 동안 청이 짓는 표정일 것 같다고 생각했다.

시청 기록에 들어갔다. 청이 차에서 즐겨보는 유튜브 채 널은 온통 성공에 관한 콘텐츠를 다루고 있었다. 장외주식 투자 성공 비결, 부동산 갭투자의 진실, 1년 안에 강남에서 아르바이트하며 포르셰 사들이는 법 등의 영상이 펼쳐졌다. 예지는 스크롤을 쭉쭉 내렸다. 조금 다른 성격의 영상이 눈 에 띄었다. 예지는 영상을 재생했다.

두 팔을 문신으로 도배한 민소매 티를 입은 남자가 나왔 다. 그는 경상도 사투리로 이야기를 풀어놓았다. 100킬로는 가뿐히 넘어 보이는 육중한 몸이었다. 영상이 흰색 벤츠 안 에서 시끄럽게 울려 퍼지자 청이 물었다.

"그게 왜 궁금해?"

"이 오빠가 뭘 가르쳐주는데?"

"나를 지키는 법."

"뭘 지켜?"

"이 형, 옛날에 완전 개쩔었대. 일진 중에서도 일진. 이 형님이 가르쳐주는 꿀팁들은 씨발, 대가리로 꼭꼭 씹어 먹어야 할 인생의 참된 진리다 이 말이지."

영상은 단순했다. 문신투성이 남자가 밀폐된 방에 서서 뭔가를 열심히 떠들어대는 구성이었다. 그는 주로 자신을 지키는 법을 소개해줬다. 사람의 급소를 찌르는 법. 자신을 공격하는 사람을 단번에 지옥으로 보내는 법. 열변을 토하는 남자의 손에는 무기가 쥐어져 있었다.

"오, 이 아저씨 찐이네."

예지는 눈이 커졌다. 예지가 묻기도 전에 청이 말했다.

"송곳이야."

"송곳?"

"강남역 다이소에 가서 1000원이면 살 수 있는 송곳, 바로 그거야."

청은 자신의 호주머니에서 몇 개의 송곳을 꺼냈다. 옆자리에 전시하듯 올려놓았다. 청이 말한 그대로 끝이 날카로운, 작은 송곳이었다. 예지는 송곳 하나를 집어 들었다.

"우리 레전드 형은 틀린 말이 없어. 날 지키려면 뒤에서 통수 날리고 개지랄 떠는 새끼들한테 선빵을 날려야 돼."

유튜브 화면에선 문신 남자가 계속해서 한 가지 동작을 반복했다.

"송곳을 손에 쥐고 사람의 목 오른쪽 부분을 콱 찍으면 어떻게 되는 줄 알아?"

"어떻게 되는데?"

"경동맥이 터진대. 복잡해서 나도 설명은 못 하겠고, 어쨌든."

"어쨌든?"

"그냥 씨발. 피를 샴페인처럼 뿜어내면서 뒈지는 거야, 죽이지?"

"해봤어?"

빠른 속도로 달리던 흰색 벤츠가 신사역 사거리에 이르렀을 때 휴대전화 진동음이 울렸다. 청은 급하게 전화를 받았다. 사이판에게 온 전화였다.

"네, 10분 안에 배달 완료할게요."

청은 마음이 초조한지 재차 시간을 확인하며 더 빨리 속도를 냈다. 차를 세우고 나서야 짧게 한숨을 내쉬었다. 예지가 다시 물었다.

"해봤냐고."

"뭘 씨발년아."

"찔러봤냐고?"

"야, 이 미친년아. 진짜 찔러버리고 싶네. 빨리 안 들어가."

3

"그냥 때리면 그, 뭐지, 비생산적이잖아. 그러니까 말이야."

사이판은 흥분이 채 가시지 않았다. 숨을 고르느라 꽤 많
은 애를 썼다. 위스키 잔에 한가득 부은 토닉워터를 단숨에
삼킨다든지, 머리를 세차게 흔든다든지, 큰 한숨을 표나게
연이어 내쉬면서. 사이판이 화를 참는 동작 하나하나를 보
며 예지는 위축되었다. 자신이 무슨 일을 했는지 실감 나기
시작했다. 일하는 여자아이가 사업장을 이탈해 생산성에 누
를 끼치는 결과를 초래하면 사이판은 분노할 것이다. 예지
도 이런 수준의 반응은 짐작하고 있었다. 그러나 사이판은
그 단계를 한참 넘어서 있는 것 같았다.

이른 저녁부터 청담동 723-1에는 나란히 정렬된 주삿바

159

늘과 시가를 닮은 마리화나, 각종 국가를 대표하는 고급 술병들이 나뒹굴고 있었다. 집주인이 누구길래 어떻게 공간을 이처럼 개조할 수 있는지 신기할 따름인 그곳에는 2층과 3층을 하나로 통합해 대형 홀로 꾸며놓았다.

예지는 이곳에 들어온 순간부터 얼굴이 붉게 상기된 사이판에게 눈길이 갔다. 사이판은 어찌 보면 촌스럽기까지 한 광택이 나는 명품 팬티만 입은 채 기다리고 있었다. 늦은 오후의 스페셜 파티를 펑크 낸 예지에 대한 분노를 사이판은 들고 있던 술병을 내던지며 포악한 비명을 내지르는 것으로 표출했다. 그러고 나서 입에 물고 있던 담배를 예지의 가슴과 허벅지에 지졌다.

"약속을 어겼으면 벌을 받아야지."

도무지 익숙해지지 않는 고통이 찾아왔다. 사이판의 논리에 따르면, 예지는 세상 모든 남자와 섹스를 하고 화대를 받아 상납해도 갚기 어려울 정도의 빚더미에 앉아 있었다. 예지는 사이판을 바라봤다. 초점을 잃은 눈동자. 코끝에 묻어 있는 짙푸른 가루. 붉게 상기된 몸. 유독 빨갛게 달아오른 귀밑머리 부근. 사이판은 새로운 경로로 입수한 신종 마약에 이미 흥건히 젖어버린 상태였다. 예지는 인상을 구겼다. 정신 못 차리고 흥분하는 사이판의 옆을 지나가며 중얼거렸다.

"비즈니스 좋아하시네."

사이판은 흥분을 가라앉히지 못하고 예지의 뺨을 후려쳤다. 한 대, 두 대, 잠시 망설이다 또다시 한 대. 180센티미터가 훨씬 넘는 거구의 사이판이 뺨을 갈길 때마다 예지는 크게 휘청거렸다. 결국 다섯 번째 뺨을 맞을 때, 붉은 소파에 쓰러졌다. 사이판이 아직도 화가 풀리지 않는지 기합에 가까운 비명을 내지른 뒤 머리를 쓸어 올렸다. 사이판은 통제 불가능한 기세로 예지의 귀에 욕을 쏟아부었다.

그는 생수를 마시고 크게 심호흡을 하며 분노를 달랬다. 예지는 소파 밑에 떨어져 있던 물티슈를 집어 코를 닦았다. 티슈가 순식간에 온통 핏물로 젖었다. 입이 얼얼해 침을 뱉자 유난히 검붉은 핏물이 카펫을 물들였다. 사이판이 이를 보고 비로소 정신을 차렸다. 자신이 보유한 상품에 흠집이 난 것에 대한 자책이 밀려든 모양이었다. 감정을 다스리기 위해 욕설을 멈춘 사이판이 다시 말을 이었다.

"이 좆같은 상황을 어떻게든 생산적으로 활용해보자."

사이판은 창가의 커튼을 걷고 창문도 열어젖혔다. 초저녁이 되어 어느새 어둠이 내렸다. 그러나 네온사인의 불빛 탓에 눈이 부셨다. 그 빛은 본격적인 강남의 밤이 밝아옴을 알리는 신호 같았다. 예지에게 창밖의 온갖 소리가 예민하게, 그만큼 절망적으로 들렸다. 퇴근길 들끓는 차들의 삑삑대는 경적과 사람들의 발걸음 소리와 웅성거림, 출처 모를 기계음이 뒤섞였다. 예지는 다시 이곳에서 하루를 맞이한다는 불쾌감을 안고 일어났다.

사이판이 진열대 위에 비스듬히 놓아둔 맥북을 열었다. 약간은 떨리는 손으로 캠의 렌즈 방향을 조절했다. 예지는 욕실에서 씻고 샤워기를 잠갔다. 어디선가 물소리가 계속 났다. 사이판은 자신들만의 웹사이트에 접속했다. 딥웹에서는 일본 아이돌 가수의 음악이 흘러나왔다.

다른 샤워실에서 팬티도 입지 않은 남자가 밖으로 나왔다. 몸에 묻은 물기를 채 닦아내지도 않은 남자는 혼자가 아니었다. 남자는 오른손에 누군가의 머리채를 휘어잡고 나타났다. 늘 그렇듯 예지가 처음 보는 젊은 여자였다. 그들의 파티에 제물처럼 올라오는 여자들. 화장실에서 무슨 일이 있었는지, 여자는 몸을 제대로 가누지 못했다. 여자의 검은색 브래지어와 팬티가 물에 흠뻑 젖어 있었다.

잠시 후 사이판이 딥웹과 텔레그램에서 실시간 중계를 알리는 멘트를 시작했다.

"오늘은 해외에 계신 회원 여러분을 위해 시간을 좀 앞당겨봤습니다. 뭐, 새벽에 하든 언제 하든 상관없긴 하지만."

맥북 앞에서 키보드와 마우스를 조작하던 사이판은 연신 긴 한숨을 내뱉었다. 호흡을 몇 차례 일정하게 고르다 점차 텐션을 높여갔다.

"오늘은 우리 VVIP께서 무기 받을 각오로 덤벼드는 스페셜 파티로 화면을 채워볼까 합니다. 회원분들, 오늘은 제대로 봐야 합니다. 대마 한두 대는 괜찮지만 뽕 넣고 그러다 보면 볼거리 다 놓치니까 각오 단단히 하시란 말이죠, 씨발."

때맞춰 주차하는 소리가 창밖에서 들렸다. 청담동 723-1 건물은 요새처럼 반원을 그리는, 적색 벽돌로 쌓아 올린 빌라였다. 보기에 따라선 유행이 지난 정치인의 집, 혹은 남영동 대공분실과 같이 음침한 분위기를 태생적으로 끌어안은 성채 같았다. 빌라 밖에는 서울, 그것도 강남이 아니고서는 찾아보기 어려운 차종의 스포츠카와 랜드로버가 아무렇게나 세워졌다. 각각의 차에서 요란한 차림새의 남자와 슈트를 입은 남자가 내렸다. 그들은 여유 있게 걸으며 건물로 들어왔다.

예지는 파티 홀을 크게 둘러봤다. 지나치게 넓어 괴기한 느낌으로 충만한 공간이었지만 폐소공포증에 시달릴 것처럼 비좁게 느껴졌다. 한 층을 들어낸 구조 탓인지 천장이 매우 높았다. 높은 천장에서 직하하는 조명을 올려다보면 거대한 동공이 보였다. 그 아찔함에 현기증마저 느꼈다.

예지는 여자들의 숫자를 세어봤다. 정신을 잃은 여자 말고 또 누가 있는지 확인하고 싶었다. 예지가 시선을 돌리는 동안 사이판은 예지의 노력을 빠르게 헛수고로 돌려버렸다.

"오늘은 별거 없습니다. 버라이어티한 게 크게 재미없다

고 느낀 마니아들이 계셔서요. 오늘은 특별히 기절 각 한 년,
연출 각 한 년. 그렇게 두 년을 데리고 놀아볼 생각입니다.
오늘 같은 경우는 죽여도 상관없을 것 같아요. 한 년이 존나
지 주제도 모르고 약속을 안 지켜서 손해를 끼쳤거든요."

전라의 남자가 예지를 소파에 억지로 앉히며 횡설수설했다.

"약속 같은 게 이런 물건한테도 해당하나."

물건이라는 단어를 입에 올린 남자를 보며 예지는 본능적
으로 입술을 적셨다. 목이 말랐다. 어떤 말이나 감정도 교류
하기 힘든 사람에게 붙잡힌 순간부터 예지는 몹시 목이 말
랐다. 몸 전체가 타버릴 것 같은 조갈에 시달렸다. 자기 몸을
물건 고르듯 함부로 헤집는 상황을 견딜 수가 없었다. 남자
는 이런 예지의 속마음을 읽은 걸까. 술과 대마가 역하게 뒤
섞인 입 냄새를 풍기며 계속 지껄였다.

"맨정신 갖고 어떻게 촬영하려고. 뭐 하나라도 입에 물리
거나 작대기 꽂아야지."

그는 예지에게 말하며 그제야 머리채를 잡고 있던 여자를
놓아주었다. 바닥에 얼굴을 대고 누운 여자는 미동도 하지
않았다. 사이판이 여자의 속옷을 칼로 찢었다. 그때 현관문
이 열리고 세 명의 남자가 들어왔다.

"속옷까지 다 찢어버리면 나중엔 뭘 입히려고. 그런 데 돈
쓰는 거 아까운데."

골프복 차림의 남자가 입술을 씰룩거렸다.

"저런 걸레들 때문에 돈 걱정이나 하고, 뭔가 안 어울려."

옆에서 모자를 벗고 크리스털 잔에 술을 따르며 다른 남자가 힐난하듯 말했다.

"근데 오늘은 어디까지 할까?"

마지막으로 들어온 남자가 가방에서 링거와 알약, 주사기를 꺼내며 말했다.

사이판이 자신 있게 회원들에게 대답했다.

"형님들, 오늘은 데스노트 써도 좋은 수준까지 올라가도 좋습니다."

가방에서 주사기를 꺼내 매만지던 남자의 시선이 예지에게 향했다. 자신과 이 물건은 아무 상관 없다는 듯 거리 두기를 시도하는 눈빛이었다. 매번 2차에 나와 호텔이나 레지던스, 지금과 같이 개조한 파티룸에서 연출인지 실제인지 분간하기 어려운 강간 파티에 동원될 때마다 예지는 남자들의 시선, 그들의 눈동자가 어떤 움직임도 보여주지 않는다는 점을 실감하곤 했다. 예지와 여자, 둘 모두를 먹잇감으로 소유했다는 만족감을 얼굴 전체에 드러내는 남자가 턱짓으로 둘을 가리키며 사이판에게 확인하듯 물었다.

"둘 다?"

"에이, 형님. 왜 그러세요. 일반 김치랑은 적당히 놀고 말아야죠. CSI 찍을 일 있습니까."

"그럼 누구? 이 맛 간 년?"

"네, 형님. 저 쌍년, 돌릴 만큼 돌렸어요. 이젠 킬해도 될 것 같아요."

"이 물건, 킬해도 별 재미 없을 것 같은데."

"안 그래요. 탱글탱글한 거 보세요."

죽은 듯한 눈동자의 남자가 예지 쪽으로 다가오며 말했다. 주사기 하나를 들고 있었다. 예지가 남자를 향해 혀를 쭉 내밀었다. 그리고 웃었다.

"미친년, 진짜 죽고 싶어 지랄하네."

남자는 예지의 팔을 붙잡았다. 팔목의 푸른 정맥을 짚었다. 주사를 놓기 시작했다.

"그렇다니까요. 오늘 아주 죽여버려요. 약속도 지멋대로 펑크 내고, 이쯤 해서 시마이해도 상관없으니까."

주사기 속 약물이 절반 넘게 예지의 몸속 깊이 스며들 때였다. 웃음을 멈춘 예지가 낮은 목소리로 남자에게 물었다. 어떤 움직임도 감정도 읽히지 않는 두 눈동자를 바라보며.

"죽어요?"

"뭐?"

"나…… 죽일 거냐고."

166

4

예지는 약물이 몸속 어디까지 스며들었는지 몰랐다. 남자들이 왁자지껄하게 놀리고 비웃고 떠들고 마시는 소리가 들리다 임계점을 넘어서는 어느 지점부터는 귀가 멍할 뿐이었다. 그때부터 예지는 제 몸의 주인이 자신이 아님을 깨달았다. 몸속에 어떤 약물이 들어오는지, 그게 마약인지 향정신성의약품인지 식별조차 어려운 상태에서 그저 이런 상황을 받아들이는 것 말고 예지가 할 수 있는 일은 없었다.

약물 효과는 재앙이었다. 예지는 머리에 강한 압박감이 느껴졌다. 모든 체모가 올올이 서는 느낌이었다. 벼락이 치는 것처럼 거대한 힘이 몸을 짓누르자, 예지의 눈동자는 눈꺼풀 속으로 숨어버렸다. 이윽고 길고 굵은 뱀이 코로 들어

와서는 입속의 혀를 칭칭 감았다. 식초 한 병을 삼킨 것처럼 알싸하고 어지러운 냄새가 났다. 매캐하고 짙은 재 한 줌이 코와 입안에 가득 찬 것 같기도 했다. 반사적으로 구역질이 나왔다. 약물은 야릇한 기분을 만들어냈다. 이 아득한 냄새에 취하면 어떤 이상행동을 벌일지 몰랐다. 한겨울 산속 사찰에서 추위를 견디지 못해 타오르는 향불을 만지다 갑자기 향을 집어삼키는 수도승도 있었다.

예지는 무의식적으로 입을 크게 벌리고 밭은기침을 쏟아냈다. 목이 타서 견딜 수 없었다. 머리로 전달되는 압박의 강도가 높아졌다. 두 눈의 검은자가 급류에 휩쓸리듯 위쪽으로 쏠려 영원히 돌아오지 않을 것 같았다. 눈을 감을 수도 없었다. 상상인지 실재인지 구분되지 않았다. 환각이 눈에 보이는 세계를 압도했다.

크고 작은 뱀들. 하얗거나 샛노란 비늘을 두르고 흐느적대는 뱀들이 산발적이고 불규칙하게 예지의 몸을 에워쌌다. 뱀들은 지겹도록 비틀거리며 집요한 생명력을 과시했다. 사위에 굉음이 울렸다. 벼락을 닮은 소리 마디마디에 언제나 자신감 있고 오만한 남자들의 말, 혐오의 언어가 들려왔다.

"정말 죽일 거야?"

"재밌잖아. 실연이 제일 흥분돼."

"그걸 누가 모르나? 리스크 말이야. 리스크 없어?"

"가족은? 이런 벌레들이 더 가족가족 하잖아. 존나 짐승같이 질질 짠다고."

"상관없어."

"이건 그렇다 치고…… 일반 김치는? 어떡해?"

"오사카에서 들여온 신품인데, 죽여줘. 아예 기억을 못 해. 지가 뭘 했는지 어떤 식으로 행동했는지, 자기 아랫도리가 어떻게 지랄 맞게 움직였는지 아무것도."

"일반 작업하는 게 재밌냐. 이렇게 나 먹어줘요, 하고 다리 벌리는 롤리타가 재밌냐."

"나름의 장단점이 있지."

"그래도 레벨을 높이는 데는 합법적인 장난감이 괜찮지. 뒤탈도 없고."

"촬영은 잘 떠?"

"형님, 제가 이래 봬도 영화과 출신입니다. 연출도 배우고 촬영감독 보조도 한 적 있어요."

"야, 야, 이 개 같은 년 하는 짓 봐라."

"개 같은 게 아니라 진짜 개네, 댕댕이."

남자들의 몸이 뿌옇게 보였다. 짧은 원피스가 이곳저곳 찢긴 채 예지는 바닥에 엎드렸다. 벌어진 입에서 침이 흘러내렸다. 예지는 고개를 들지 않았다. 그들의 몸도 얼굴도 표정도 보고 싶지 않았다. 예지의 시야에는 희미하게 살덩어리만 어른거렸다.

남자들의 웃음소리가 플래시처럼 터져 나왔다. 통증의 진원지가 어디인지도 파악할 수 없을 만큼 온몸이 아팠다. 그들은 예지의 얼굴을 이리저리 주무르며 바보 같은 표정을 만들고는 낄낄거렸다. 꿈을 꾸는 건지, 꿈 너머의 세계에 이른 건지……. 예지는 자신이 뽀얀 대지를 거니는 장면을 머릿속으로 떠올리기도 하고, 푸른 심해에 곤히 잠들어 있는 상상을 하기도 했다. 몸이 숱한 조각으로 분절되는 것 같았다. 예지의 육신처럼 기억도 수천, 수만 가지 갈래로 쪼개졌다. 하나의 기억이 사르륵 예지의 머릿속에 피어올랐다.

머리를 단정하게 땋은 꼬마 시절의 예지가 집 마당에 서 있었다. 분홍빛 긴 치마와 레이스가 달린 블라우스를 입은 채 음악 소리를 듣고 있다. 지나가는 누가 봐도 이 아이는 한동안 이 멜로디를 흥얼거리며 지내겠구나, 생각이 들 만큼 아이는 즐거워 보였다. 한적하고 은은하면서도 지루할 틈 없이 이어지던 부드러운 노래. 사방에 펼쳐진 푸른 잔디가 보이고 화단에는 색색의 꽃이 피어 있었다.

그때 새엄마가 정연한 마당 풍경과는 어울리지 않는 행색으로 나타났다. 작은 키에 까무잡잡한 피부의 새엄마는 헝클어진 머리칼을 묶지도 못한 채 늘어트리고 있었다. 새엄

170

마의 통이 넓은 청바지가 유난히 분주하게 펄럭였다. 새엄마는 고개를 좌우로 돌리며 무언가 난처한지 시선을 한곳에 두지 못했다. 예지는 새엄마를 바라보다 어떤 소리에 가만히 귀를 기울였다. 저벅저벅, 바닥을 드릴로 뚫을 것 같은 발소리가 들려온 것이다. 예지는 어느새 콧노래를 멈췄다.

아빠가 현관문을 열고 마당에 나왔다. 예지는 침이 꼴깍 넘어갔다. 아빠라고 부르던 남자. 스포츠머리에 늘 술에 반쯤 취한 것처럼 붉게 상기된 얼굴. 화가 난 듯한 눈빛. 단단한 철강처럼 보이는 볕에 그을린 팔뚝. 손목에 새겨진 문신. 그리고 그 문신이 뿜어내던 분명한 위협의 기운.

아빠가 소리를 지르며 새엄마에게 달려간다. 손찌검이 이어진다. 새엄마는 비명도 지르지 못하고 고개를 숙인다. 새엄마가 엉거주춤한 자세로 서 있는데 집에서 아이의 울음소리가 들린다. 백일이 채 안 된 아이가 담요에 돌돌 말려 있다. 남자의 언성이 높아질수록 아이의 울음소리도 커졌다.

남자가 예지를 쳐다본다. 예지는 몸이 차갑게 굳는다. 꼼짝할 수 없다. 숨을 쉬기 어렵다. 그저 눈시울만 뜨거워진다. 남자는 예지를 보며 씨익 웃는다. 관대하고 인자한 전형적인 아버지의 미소를 끔찍할 정도로 천진난만하게 지어 보인다.

얼굴 한가득 미소를 머금은 남자가 고함을 지른다. 새엄마가 방언이 터진 사람처럼 알 수 없는 말들을 내내 중얼거린다. 그녀는 손을 떨다 어깨까지 벌벌 떨기 시작한다. 새엄마가 예지를 바라본다. 예지는 그때 새엄마가 얼마나 두려운 표정을 지었는지 또렷이 기억할 수 있다. 새엄마는 당황했는지 모국어인 타갈로그어가 터져 나온다.

"그 거지 같은 말 쓰지 말랬지!"

남자는 다시 한 번 손찌검을 가한다. 새엄마는 여전히 예지를 향한 시선을 거두지 못한다. 타갈로그어를 중얼거리다 두 손을 모아 하늘에 가져다 댄다. 바닥에 눈물방울을 뚝뚝 떨군다.

예지가 두 팔을 허우적거린다. 두 팔을 있는 힘껏 내뻗으며 벗어나려고 발버둥 친다. 소리를 지르기 위해 입을 크게 벌려본다. 소리는 나오지 않고 침만 흘러내린다. 콧구멍과 귀에선 검은 피가 쏟아진다. 두 발목에 묶인 노끈이 예지를 꼼짝할 수 없게 붙들고 있다. 아빠는 여전히 점잖은 아버지 미소를 짓고 있다. 여유 있게 새엄마를 후려친다. 새엄마가 맞고 일그러지는 표정을 지을 때마다 웃는다. 껄껄 웃으면서 예지를 본다. 입맛을 다신다. 새엄마는 흔들리는 눈빛으로 예지를 지켜보다 고개를 돌린다. 예지의 치마가 점점 검은빛으로 물들기 시작한다. 담요에 싸인 아이의 비명에 가까운 울음이 허공에 흩어진다.

"씨발. 이년 봐라. 피 쏟고 오줌 싸고 난리 났네. 완전 원숭이야, 원숭이."

"야, 닥터. 수혈 좀 해라. 약을 얼마나 쓴 거야."

"이년, 뒤져도 프로블럼 없다고 했지?"

"형님, 그건 걱정 없는데, 수수료가 장난 아니겠죠?"

"야, 야, 이 개새끼가 지금 우리 앞에서 딜하고 앉아 있다."

"한남이나 김치나 못 배운 것들은 죄다 더러워."

"더러운 거로 따지면 헬조선이 갑이지."

"지금 무슨 말 하는 거야. 빨리 수위 조절해. 통제해야지."

"지겹다, 지겨워. 통제는 지랄, 낮에 실컷 통제했으니 밤엔 좀 풀어줘야지."

한 여자가 예지를 마주보고 있다. 30대로 보이는 여자, 행색이 너무 남루해 새벽녘 서울역에서 봄 직한 노숙자라고 해도 무방할 정도로 초라한 여자였다. 여자의 부스스한 머리가 새엄마와 너무 닮았다는 생각이 든다.

여자와 예지 사이엔 짜장면이 한 그릇씩 놓여 있다. 여자 자리에는 참이슬 한 병도 함께 있다. 참이슬은 거의 바닥을 보였다. 여자는 예지를 물끄러미 노려보며 빠른 속도로 소주를 입안에 털어 넣었다. 여자가 한참의 침묵을 깨고 첫마디를 꺼냈다.

"씨발년아."

여자가 왜 욕을 하는지 알 수 없는 예지는 가만히 듣기만 했다. 여자가 눈짓으로 예지의 자리에 놓인 짜장면을 가리켰다.

"잘 처먹어. 처먹고 씨발, 앞으론 씨발년이 아니라 씨발놈으로 다시 태어나라, 제발, 응?"

예지는 스포츠머리 아빠를 따라 집을 나선다. 초등학교 졸업식으로 기억하는 날, 당연히 결석 일수가 차고 넘쳐 초등학교 졸업은 물 건너간 상황이었다. 아빠는 예지를 자신의 오래된 포터 트럭 옆자리에 태우고 시동을 걸고 어딘가를 향해, 거친 흔들림 외엔 별다른 특징도, 재미도 없는 여행을 시작한다.

예지가 그걸 여행이라 생각할 수 있었던 이유는 오직 아빠의 입을 통해서다. 전날 마셨던 먼지 쌓인 방바닥을 구르던 소주 세 병의 숙취가 채 가시지 않은 상태에서 아빠는 연신 입을 벌려 트림을 계속하며 뭐가 그렇게 신났는지 이건 여행이라며, 인생을 여행같이 생각하는 게 살면서 큰 도움을 준다는 말을 지루할 정도로 반복했다.

덜컹거리는 비포장도로 위를 달리는 트럭, 그 조수석에 앉은 예지는 이상하게 다리가 아팠다. 허리와 엉덩이도 아팠지만, 다리가 저려 견딜 수 없었다.

174

목적 없는 지루한 여행을 마칠 때쯤이었다. 처음 출발할 때는 칠흑 같은 어둠 가득한 새벽이었지만 도착할 때는 여명이 떠오르는 새벽이었다. 예지는 유난한 아침 햇살을 받으며 멈춰 선 트럭에서 아빠를 따라 차에서 내렸다.

아빠가 내린 곳은 빌딩 공사 현장이었다. 한창 짓고 있는 철 구조물이 거대한 성벽처럼, 예지가 있는 힘껏 고개를 들어 올려도 그 높이를 헤아릴 수 없는 마천루처럼 치솟았다. 치솟은 철 구조물을 물끄러미 올려다보던 예지의 손을 아빠가 다정히 잡아주었다. 그 부드러운 손길이 새벽에 불어오는 현장의 산들바람처럼 예지의 머리를 청명하게 밝혀주었다. 예지가 아빠를 올려다봤다. 언제나처럼 검게 그을린, 검은 기름을 뒤집어쓴 괴물체를 연상케 하는 아빠였지만 새벽 여명의 후광에 힘입은 모습은 세상 그 누구보다 더 강해 보였고, 약간은 생크림 케이크처럼 부드럽게 느껴지기까지 했다. 검은 괴물체를 빼닮은 아빠가 그와 대비되는 유난히 하얗고 고른 치열을 내보이며 예지에게 말했다.

"잠깐만 기다려라. 아빠가 어떻게 새사람이 되었는지 보여줄 테니까."

아빠는 철 구조물 사이를 스파이더맨처럼 오가며 간이용접을 하는 용접공이었다. 그는 보호 장구도 없이 철 구조물과 구조물 사이를 잇대는 작업을 계속했다. 빌딩 구조물의 규모는 예지가 보기에 너무 거대해 보였다. 아무리 쉬지 않고 아빠가 용접한다 해도 예지가 보기에 빌딩은 영원히 완성되지 못할 것 같았다. 완공된 빌딩의 모습을 전혀 상상할 수 없었다. 하지만 아빠가 용접봉을 들고 작업할 때마다 튀어나오는 불꽃을 보며 예지는 어떤 선명한 감각을 느꼈다. 예지의 두 눈과 다리 사이에 남아 있는 지독하게 아픈 감각 말이다. 마음속 긴장과 공포에서 나오는 떨림을 느꼈다. 안전모를 눌러쓴 남자들의 아득한 고성이 오갔다. 예지는 그 남자들에게 둘러싸여 성폭행을 당할 것 같다는 끔찍한 상상에 시달렸다. 철 구조물 사이사이를 접합하면서 생기는 진동과 마음속 떨림이 구분되지 않았다.

철 구조물에서 낯선 남자들이 쏟아져 나오기 시작했다. 그들은 빌딩의 골조를 자신들의 뼈부터 머리카락 한 올 한 올까지 죄다 묻어버려야 할 무덤처럼 신봉하며 용맹한 군인들처럼 당차게 걸어 다녔다. 도대체 어디서 기어 나오는지 출처를 알 수 없는 수많은 인원이었다. 모두가 검게 그을린 노동자들이 아니었다. 말쑥한 양복 차림의 남자들이 철 구조물 공사현장 주차장에 세워놓은 고급 외제 차에서 내려 두 손을 주머니에 찔러 넣고 한가롭게 걸어왔다. 시간이 갈수록 사제복 입은 남자, 법복 입은 남자, 승복 입은 남자, 군

176

복 입은 남자, 제복 입은 남자, 교복 입은 남자, 어깨에 알 수 없는 견장을 주렁주렁 매단 옷을 차려입은 남자, 남자, 남자, 남자들이 거대한 철 구조물을 중심으로 일사불란하게 모여들었다.

불꽃은 화려하고 집요하게 타올랐다. 봉 끝에서 스파크가 일어날 때마다 불꽃이 타올랐다. 그 결과는 접합이었다. 모양도, 구조도, 이유도, 쓰임새도 알 수 없는 접합이 계속되었다. 아빠는 새사람이 되겠다는 다짐을 가무잡잡한 피부를 가진 얼굴 전체에 비장한 훈장처럼 매달아놓고는 좀처럼 쉬지 않고 철 구조물 사이사이를 부지런히 돌아다니며 용접을 반복했다. 용접이 계속될수록 예지는 아빠의 굳은 다짐이 꺼림칙해졌다. 입을 악다물며 새사람이 되고야 말겠다고 영혼이라도 팔 기세로 결의하던 아빠와 함께해선 안 된다는 까마득한 고통에 사로잡혔다. 그야말로 검고 깊은 그물에 걸려든 기분이었다. 아니, 기분이 아니다. 실제로 예지의 몸은 수많은 남자가 지켜보는 철 구조물의 일부로 녹아드는 것 같았다. 그곳은 남자들의 번들거리는 시선이 엄존하는 지옥이었다. 어떤 감정의 변화도 기대할 수 없는 무정의 검은 덩어리 아빠처럼.

그때 예지가 묻는다.

그럼 아빠가 해맑게 웃던 것은?

두 손을 비틀어 지옥에서 벗어나려 애쓴다. 하지만 발버
둥만 필사적으로 칠 뿐이다. 예지는 자신이 감정 없이 기괴
하게 꿈틀거리기만 하는 액상화된 고체 같다고 생각한다.
녹고 굳기를 반복하며 수치스러운 동작을 만들어내는, 그
외에는 아무것도 아님을 긍정하게 된다. 그 절망적인 긍정
이 두 손과 두 눈을 엄청난 압력으로 짓누를 때, 바로 그때,
간신히 입을 벌려 다음과 같이 소리치며 묻는다. 묻고 또 묻
는다.

아빠의 그 부드러움은?

아빠의 새사람이 되겠다는 다짐은?

씨발!

씨이발!

좆도 아닌 게.

존나 개 같은 게!

하루의 작업을 모두 끝낸 걸까. 아빠가 남자들 틈새에서 수줍은 표정으로 쭈뼛거리며 서 있다. 비굴해 보이지만 얼굴과 몸 전체가 식은땀으로 젖어 있는 모습에서 노동의 대가를 요구하는 듯한 건실한 느낌마저 감돌았다.

남자들 대부분 옷을 모두 벗고 있었다. 작업복을 차려입은 아빠와 달리, 그들은 알몸 차림이었지만 전혀 부끄러움을 느끼지 않는 듯 보였다. 오히려 벗지 않은 이들의 조심스러운 모습을 비웃는 듯했다.

남자들에게 담배를 건네받은 아빠는 계속해서 머리를 굽실거렸다. 그 순간, 예지는 머릿속으로, 목구멍까지 차고 들어오는 모든 의지를 담아 열광적으로 소리쳤다. 마지막으로 자신의 신체 중 입만 남아 있었다. 팔, 다리, 머리, 눈, 어디에도 감각이 남아 있지 않은 것 같았다. 소리를 칠 때 느껴지는 실감만이 살아 있다는 사실을 증명하고 있었다. 그 실감 덕분에 죽음의 문턱을 비껴갔다. 하지만 너무도 압도적인 살아 있다는 느낌이 예지를 더 깊고 아득한 생이라는 지옥으로 빠트렸다.

예지의 비명을 들은 걸까. 아빠가 성큼 예지를 향해 다가왔다. 예지가 아빠를 똑바로 바라보며 소리를 질렀다. 아빠는 무표정했다. 아빠의 뒤편으로 전라의 남자들이 서 있었다. 예지가 자신을 바라보는 남자들의 시선을 사진을 찍듯이 담았다. 경멸을 넘어 무관심이 깊게 배어 있는 눈빛. 내일 낮이 되면 어떤 일을 처리할지 생각하는 듯한 복잡하고 사무적인 눈빛. 예지가 그 눈빛을 비명의 비늘 위에 문신처럼 새겨 넣었다. 그럴 수밖에 없었다. 그들의 무심한 눈빛을 보는 순간 예지라는 한 사람의 존재를 둘러싼 모든 감각의 판에서 자동적으로 균열과 분화가 일어났기 때문이다. 그때 어떤 남자의 중얼거림이 아빠의 기만적인 부드러움처럼 슬며시 들려왔다. 공허한 메아리 같았다.

"정말 이 정도만 줘도 해결 가능해?"

예지는 청담동 723-1 2층, 페어글라스 통유리 앞에서 두 팔과 두 다리가 묶인 채 세 시간 동안 피를 흘렸다. 갑작스럽게 텔레그램에서 경찰에 신고했다며 협박하는 사람이 나타났다. 처음에 사이판은 자신만만한 태도로 겁나지 않는다고 떠들었다. 그러나 문제가 커질 경우 잃을 게 많은 VVIP 손님들 사이에서는 불안한 눈빛이 오갔다. 결국 예지만 남기고 모두 가방을 챙겨 달아나고 말았다. 지나친 출혈로 쇼크에 빠졌던 예지는 다섯 시간 만에 정신이 돌아왔다.

4장 ～～～～～～～～ 우리가 놓쳐버린

것에 대해

1

예지는 정확히 사흘 만에 눈을 떴다. 이제 막 수습 과정을 끝낸 젊은 의사는 깨어난 예지를 보고 흥분한 표정을 감추지 않았다. 숙련되지 않은 의사가 보기에도 예지의 상태가 심각했던 것이다.

위해 약물은 가혹한 속도로 예지의 몸을 잠식했으며 얼마간 코마가 진행되기까지 했다. 상반신의 중추신경 기능이 다소 망가져 있어 특별히 단호한 조치를 취하지 않는다면 영원히 깨어나기 힘들 수도 있었다. 의사는 선제적으로 대처했고, 덕분에 예지는 다시 눈을 뜰 수 있었다. 젊은 의사는 뛸 듯이 기뻐했다. 예지는 의사의 고조된 어조에도 아무런 감흥이 없었다. 침묵과 무표정과 무심함. 예지는 눈만 껌벅

이고 있었다.

환자에게 아무 반응이 없자 의사는 초조해졌다. 정신이 덜 깨어난 게 아닌지 의심스러웠다. 예지의 눈동자와 입안, 손가락의 움직임 등을 살피며 감각기능이 온전한지 검진하기 시작했다. 과도한 약물복용으로 인해 특이반응을 보이는 것은 아닌지 염려스러웠다. 그때 예지가 손을 들어 자신의 정수리 부근을 매만졌다. 인상을 잔뜩 구긴 채.

"아파요."

"어디가?"

"여기."

예지가 손으로 계속 정수리를 만지작거리자 그제야 의사가 옅은 한숨을 쉬었다.

"만년필 촉을 닮은 날카로운 바늘이 정수리를 뚫고 들어간 거예요."

"뇌에 바늘을 쑤셔댔을 정도면 얼마나 무식하고 무모하게 약물을 취급했는지 알 만하네요."

의사는 사흘 전 예지가 중환자실에 들어왔을 때 어느 정도로 위태로운 상태였는지도 설명했다.

"학생 상태가 어땠는지 기억 안 나죠? 안 나는 게 인생 사는 데 차라리 도움 될 것 같네. 온몸이 피로 도배돼 있고 머리카락은 싹둑 잘려 있고. 옷도 칼로 난도질당한 것처럼 너

덜너덜했어요. 하이힐은 한쪽만 신겨져 있고. 정말 위급했어요. 학생 살리려고 내가 당직도 미뤘지 뭐예요."

의사는 가만히 웃어주었다. 예지는 살아 있다는 게 아직 실감이 나지 않는지 눈만 끔벅거렸다.

사흘 전 새벽 4시, 흰색 벤츠에서 내린 젊은 남성이 예지를 병원 중환자실 앞에 급하게 내려놓고 떠났다. 당직 의사 한 명으로 운영되는 중소 규모 병원의 중환자실에서는 곧바로 응급처치에 들어갔다. 벤츠에 타고 있던 사람이 누구인지에 대해서는 밝혀지지 않았다. 병원 관계자들은 흰색 벤츠의 차량 번호판을 알아두지 못한 점을 아쉬워했다. 새벽에 비까지 내렸던 터라 저화질의 CCTV에서는 번호판을 판독하기가 불가능했다. 응급환자는 신원을 파악하기도 어려울 만큼 상태가 좋지 않았다. 환자는 심각한 상해와 성폭행을 당해 죽기 직전의 상태였다.

액정이 깨진 예지의 휴대전화 패턴을 푸는 데 꼬박 하루가 걸렸다. 어찌어찌해서 패턴을 풀었지만, 예지의 진짜 이름과 나이, 사는 곳을 찾아내는 데에는 더 큰 어려움을 겪었다. 병원 측에서는 환자의 상태로 보아 중대 범죄 조직이 배후에 있을 것이라 판단해 경찰을 호출했다. 그러나 경찰 측에서는 예지의 의식이 되돌아오지 않는 이상 무슨 일이 일어났는지 알아낼 방법이 없다는 답변만 되풀이했다. 병원 측에서는 요즘 시대에도 신원을 확인할 수 없는 사람이 있다는 것을 신기해했다.

모든 기적은 사흘째 일어났다. 십자가에 못 박힌 예수가 부활한 것처럼, 죽음의 문턱을 오가던 예지가 사흘 만에 정신을 차렸다. 때마침 예지를 추적하던 강력반 마약계 형사 둘이 병원에 나타났다. 짧은 스포츠머리에 까무잡잡한 얼굴, 전체적으로 거친 인상과 어울리지 않는 실크 셔츠 차림의 남자를 대동시키고 등장했다. 예지는 스포츠머리의 남자를 보자마자 중얼거렸다.

"씨발…… 또 저 새끼야."

의사가 놀란 눈으로 뒤를 돌아봤다. 형사 두 사람과 함께 등장한 스포츠머리는 예지의 아빠였다. 아빠는 두 눈에 눈물을 한가득 머금고 울먹이며 예지를 바라봤다. 예지는 다시 한번 푸념하듯 말했다.

"꿈에서도 보기 싫어."

하지만 예지와 달리 아빠는 비감에 젖어 있었다. 예지가 누워 있는 중환자실 침대 앞에서 할복이라도 할 기세를 품은 사무라이처럼 무릎을 꿇고 두 주먹으로 병원 바닥을 내리치더니 괴성에 가까운 비명을 질렀다. 그러곤 병원 침대 손잡이를 억세게 붙잡고 뒤흔들며 오열을 시작했다. 딸을 지켜주지 못하고 거리의 잔학무도한 아이와 어른들의 먹잇감이 되도록 내버려뒀다며 자책했다. 모든 게 아빠 잘못이란 탄식과 후회의 말이 축축한 이끼처럼 들러붙었다.

경찰들은 건조한 말투로 예지에게 질문을 던지며 녹취를 시작했다. 예지를 처음으로 납치하고 감금한 요주의 인물이 누구인지, 어떤 사건을 겪었는지에 대한 질문이 이어졌다. 경찰들의 질문이 거듭되는 동안 아빠는 인상을 한껏 구기고 주먹을 허공에 휘두르는 시늉을 해 보이며 분노를 쏟아냈다.

"내 딸내미 이 꼴로 만든 쓰레기 자식, 만나기만 하면 내가 사지를 찢어 죽여버리겠어! 죽여버리겠다고. 아, 씨발!"

"아버님, 진정하세요. 저희 이래 봬도 형사들입니다. 따님하고 얘기해서 잘 해결할 테니까요."

"형사님이 이 애비 입장 한번 되어보십시오. 내 딸이 짐승 같은 놈들에게 납치당해 강간당하고 강제로 성매매를 당했어요. 이런데도 눈깔 안 뒤집히면 그건 사람 새끼가 아니야, 짐승 새끼지."

"알았어요. 알았으니까 잠깐만 조용히 하시고."

질문을 주도하던 형사와 달리 나이가 꽤 많아 보이는 형사가 팔짱을 낀 채 잠자코 예지를 지켜보고 있었다. 그가 아빠의 말을 끊고, 휴대전화를 만지작거리더니 이윽고 어떤 사진 한 장을 예지에게 보여주며 물었다. 화면에는 앳된 얼굴의 남자 사진이 떠 있었다. 예지는 남자와 형사를 번갈아 바라봤다.

"이 새끼…… 알지?"

머리를 샛노랗게 염색한 채 어두운 클럽에서 한 손엔 샴페인 잔을 들고, 다른 한 손으로는 긴 생머리 여성의 목을 감싸 쥔 남자. 새하얀 피부를 가진 남자. 오른쪽 귓불에 있는 뱀 모양의 피어싱과 그 밑의 나비 문신이 조명을 받아 반짝거렸다. 인스타그램에서 캡처해놓은 그의 옆모습 사진을 보고 예지는 선뜻 말이 나오지 않았다. 어두컴컴한 클럽 배경과는 다르게 남자는 유난히 맑고 환하게 웃고 있었다. 예지는 그의 모습을 오랫동안 간절하게 바라봤다. 나이 든 형사는 주름진 이마를 손으로 매만졌다. 능글맞게 예지에게 시선을 보내며 넘겨짚는 듯한 말을 툭 던져보았다.

"이 양아치 새끼가 니들 패거리 리더잖아, 그렇지?"

"예지야. 빨리 저 새끼 맞다고 해! 고개 끄덕이라고."

아빠가 갑자기 핏대를 올리며 예지에게 답을 강요했다. 예지의 시선은 여전히 화면 속 사진에서 떠나지 않았다. 형사는 예지를 보며 이미 사건의 본질을 간파했다는 듯한 자신감을 드러냈다.

"인정 안 해도 상관없어. 증거, 증언, 정황 다 잡았거든. 이 새끼, 소년원 출신인데 가출한 애들 데려다 성매매 알선한 나쁜 새끼야. 스무 살 넘었으니 더 봐줄 것도 없어. 얘는 이제 끝이야."

예지는 아무 인정도 하지 않았다. 하지만 형사와 아빠는 그런 예지를 측은하게 바라보며 고개를 끄덕여주었다. 예지는 아빠를 보며 자신도 모르게 침을 뱉었다. 아빠는 그런 예지를 더욱 불쌍하고 안쓰러운 얼굴로 살펴보았다. 그사이, 형사들은 자리에서 일어났다. 캡처한 사진 속의 맑고 환하게 웃는 남자를 검거할 계획인 게 확실해 보였다.

*

경찰차의 사이렌이 도로에 쩌렁쩌렁 울렸다. 신도림역 대형 쇼핑몰 근처를 오가던 사람들이 사이렌을 듣고 멈춰 섰다. 그들은 자신과 관계없는 일이라면 보통 걸음을 멈추지 않는다. 사이렌은 건물의 화재나 테러 같은 실질적 위협이 가까운 곳에서 발생했음을 알려주는 소리다. 사람들의 이목이 사이렌이 들리는 쪽으로 모였다.

경찰차와 호송차 몇 대가 신도림역 뒤편의 원룸촌을 덮쳤다. 이른 저녁, 퇴근 시간을 앞두어 유동인구가 많아진 시간에 요란한 소리를 내며 경찰차들이 움직이는 것만으로도 묘한 전시효과를 주었다. 원룸촌에서 붙잡힌 이들은 여러 이유로 집 밖을 떠도는 미성년자 남녀 몇 명이었다. 형사들은 하루 평균 50만 명이 오간다는 신도림역 앞으로 아이들을 끌고 왔다. 예지는 이 모든 게 지나치게 의도된 연출 같다고 생각했다.

본인을 강남서 소속이라 밝힌 형사계장은 세속에 찌든 인상을 풍겼다. 불온한 여유로 가득해 보이는 사람이었다. 그는 무장한 기동타격대를 데리고 온 것도 모자라 취재기자들까지 대동하고 나타났다. 예지를 피해자로 규정해놓긴 했지만, 그녀를 피해자로 여기고 있는지 의심스러울 정도로 계장은 그녀를 호송차에 태우고 온 것도 모자라 수갑을 채우기까지 했다. 보호를 위한 최소한의 조치라고 하지만, 예지가 타인 명의의 성인 주민등록증을 도용한 공문서 위조 혐의, 상습 마약 복용 혐의를 피할 순 없으니 재판을 받아야 한다는 말 역시 빠뜨리지 않았다. 예지에게 수갑은 보호가 아니라, 자신을 범죄자로 단정 짓는 낙인처럼 다가왔다.

예지는 수갑이 채워진 채 호송차 밖으로 걸어 나왔다. 형사계장의 안내를 받아 신도림역 앞 편의점을 향해 걸음을 옮겼다. 편의점 파라솔 쪽으로 다가가는 동안 예지는 제대로 걷지 못했다. 파라솔을 중심으로 대여섯 명의 익숙한 얼굴들이 모여 있었다. 중고등학생 연령대로 보이는 아이들이

고른 성비로 섞여 있었는데, 약속이라도 한 듯 검은 모자를 눌러쓰고 있었다. 기자들의 플래시가 빠르게 터져 나왔다. 어딘가 어수선해 보이는 번쩍임이었다. 신도림역을 지나가던 사람들이 웅성거리는 소리가 들렸다. 형사계장은 심드렁한 표정으로 코를 만지며 예지의 귀에 대고 낮은 목소리로 말했다.

"수갑 차보니까 아프지?"

예지가 무슨 말인가 싶어 걸음을 멈추고 계장을 바라봤다. 계장은 주위 사람들의 시선을 은근히 의식하며 기자들과 간단히 눈인사를 주고받았다. 한쪽으로 데려가 예지에게 말을 이었다.

"너 수갑 차게 한 못된 새끼들 봐라."

계장은 얼굴에 묘한 미소를 띠우고 있었다.

"이 새끼들, 인천에 있을 때부터 유명한 애들이거든. 방화에 차량 도주, 대포차, 퍽치기, 살인미수는 기본이고 조직적인 성매매 알선에 요즘엔 마약 유통까지 손댔지."

옆에 따라붙던 경찰 한 명이 계장의 말을 거들었다. 경찰은 눈을 깜빡이는 예지를 뚫어져라 쳐다봤다.

"완전히 조폭 뺨치는 개새끼들이야. 얘네 잡혔으니 너도 속이 풀릴 거다. 얘네가 얼마나 나쁜 놈들인지 기자들한테 편하게 얘기하면 돼."

계장은 마치 예지를 위해주는 듯 말했다. 기자들 근처에 갔을 때는 말씨가 한층 부드러워졌다.

"아빠한테 감사하다고 말해야 할 거야."

"왜?"

"뭐?"

예지의 입이 열리자 계장이 신기하다는 듯 쳐다봤다.

"왜 아빠한테 고마워야 하는데……?"

자기보다 한참 어린 사람에게 반말을 들어서 불편했는지 계장의 표정이 조금 경직되었다. 하지만 그는 두어 번 헛기침을 뱉은 뒤 예지의 질문에 답했다.

"니네 아빠가 이 인천 쓰레기들의 소굴을 제보했으니까."

"아빠가 여길 털었다고요?"

"딸내미 구해보겠다고 용썼지. 그거 하나는 인정해야지."

"그런데…… 누가 쓰레기인데?"

예지의 질문에 계장은 굳이 말로 대답할 필요를 느끼지 못했다. 예지의 눈앞에 편의점 파라솔이 보였고, 검은 모자를 눌러쓴 가출 청소년들의 실체가 곧 드러났기 때문이다. 쓰레기, 실체 같은 말이 예지의 귓가에 어지럽게 맴돌았다. 옆에서 방송기자가 비장하고 격앙된 말투로 현장 중계 멘트를 쏟아내는 소리가 들렸다.

이른바 '가출팸'의 우두머리에서부터 행동대원들까지 청소년 범죄 조직의 실체가 드디어 밝혀졌습니다. 이들은 인천 지역에서 결성된 조직으로, 가출한 청소년을 구슬려 성매매에 적극적으로 가담하게 한 혐의를 받고 있습니다. 이들 무리에는 만 14세 미만의 이른바 촉법소년도 포함돼 있어 벌써부터 이들의 사법 처리를 두고 논란이 예상되고 있습니다. 이들이 저지른 범죄의 파렴치함이 일반인들의 상식을 뛰어넘고 있어 충격은 더해만 가고 있습니다.

쓰레기들이 모여 있는 파라솔 탁자 위엔 담배꽁초가 둥둥 떠다니는 컵라면과 카스 맥주캔들이 어지럽게 놓여 있었다. 쓰레기 중 언론과 경찰에서 일제히 우두머리로 지목한 남자가 예지와 눈이 마주쳤다. 계장은 딴에 예지를 배려한다는 목적에선지 다른 경찰들에게 남자부터 먼저 호송차에 태우라고 지시했다. 하지만 예지는 그 쓰레기의 시선을 피하지 않았다. 온갖 복잡한 심경과 감정을 담아 끝까지 남자를 바라봤다.

곱상하게 생긴 얼굴에 염색한 앞머리가 눈 전체를 겉멋 느낌으로 덮고 있는 남자는 청이었다. 누구한테 집중적으로 얻어맞은 걸까. 얼굴 반쪽이 퉁퉁 부은 모습이었다. 고개를 바닥에 떨구고 있던 청은 예지와 눈이 마주치자, 눈을 떼지 못했다. 그것은 예지도 마찬가지였다. 피의자와 피해자의 관계로 서 있는 두 사람의 불가해한 눈 맞춤에 어느 누구도 관심을 주지 않았다. 두 사람만이 서로를 끌어당기는 자석처럼 바라봤다. 호송차에 올라탄 청의 옆자리에 역시 수갑이 채워진 정화가 앉았다. 기세 좋던 히피 머리 여자애는 그 어디에도 없었다. 예지는 다시 한번 계장에게 힘주어 물었다.

"쟤네들이 쓰레기라고요?"

"맞잖아. 저 새끼들이 널 강제로 협박해 술집에 넘기고 마약 팔이 시킨 거고."

"쓰레기가 뭔데?"

"뭔 소리야?"

"진짜 쓰레기는 따로 있잖아요!"

"야."

예지가 더 말을 이어가려 할 때였다. 계장이 예지의 앞을 가로막고 잔뜩 짜증 난 이마의 힘줄을 여과 없이 드러내며 경고하듯 말했다.

"그 수갑 풀고 가족한테 돌아가고 싶으면 아는 것만 똑바로 말해."

"그러니까 내가 아는 거, 본 거 말하겠다고."

"확실한 것만 말해라. 저 새끼들이 널 강제로 협박해서 감금하고 납치해서 사주한 건 확실히 맞잖아, 아니야?"

194

예지는 계장의 위협적인 기운에 눌려 아무 말도 할 수 없었다.

"그리고 말이야."

"뭐?"

"말 짧게 하지 마라. 내가 네 친구냐?"

"……."

"돈 많은 호구 새끼한테 붙어 수수료 챙겼다고 건방 떨지 말라고. 알아들어?"

호송차 문은 쉽게 닫히지 않았다. 한참 동안 열려 있었다. 차 안엔 검은 모자를 눌러쓴 청과 정화, 초등학생 나이의 아이들 몇, 문신투성이의 남자 둘이 하나같이 얼굴이 퉁퉁 부은 채로 자리에 앉아 고개를 숙이고 있었다. 그 와중에도 예지는 청에게서 눈을 떼지 않았다. 청은 무슨 뜻인지, 어떤 의미가 담긴 것인지 연신 고개를 끄덕이며, 보기에 따라선 웃는 것처럼 보이게끔 입꼬리를 슬쩍슬쩍 올리는 반응을 보였다. 기자들이 사진을 충분히 확보하고 난 뒤에야 문이 닫혔다. 사람들의 공분에 찬 야유 소리가 사이렌보다 더 크게 울렸다.

청과 정화가 떠난 자리에 예지가 돌아왔다. 신도림역 지상철 열차가 지나가는 소리가 들렸고, 예지는 그 바람에 휩쓸려간 많은 것들을 생각했다. 그사이 제법 다양한 일이 벌어졌다. 예지는 유치장에서 며칠을 보냈다. 형사계장은 예지와 거의 숙식을 함께할 정도로 유치장에 자주 찾아와 붙어 있었다. 계장은 CCTV가 미치지 못하는 공간들만 찾아 예지를 데리고 들어갔다. 언제부턴지 계장은 강압적인 태도를 버리고 은근히 회유하는 어조로 말했다. 노련하고 민첩하게, 무엇보다 깔끔하게 일을 처리하려는 사람의 모습이 보였다.

"너희 아빠가 고생해서 알아낸 덕분에 인천 쓰레기들 제대로 털었으니까 이제 니가 그 쓰레기들한테 어떻게 당했는지만 얘기하면 돼. 여청과장 만나서도 그렇게 말하면 된다고. 잘할 수 있지?"

예지는 궁금했다. 사이판과 성형외과 의사, 사이판의 안내를 받아 클럽에 찾아온 그 남자들. 청담동 723-1번지 빌라를 채우던 수많은 VVIP에 대해서는 왜 조사하지 않는지.

"눈가리개를 하고 있어 그렇지, 다 알고 있어요. 차용증도 찾아보면 있을 테고, 쌍수 받은 것도, 그 쌍수 받던 병원에서 성폭행당한 건 왜 아무 말도 안 하냐고."

196

그러자 계장은 예지를 매서운 눈으로 쳐다봤다.

"하라는 대로 해라. 어른이 말하면 일단 알겠다고 해야지 개기고 있네."

예지가 뭔가 설명할라치면 계장은 어김없이 노트북을 두드리던 손을 멈추고 거친 말을 내뱉어 예지의 말을 가로막았다.

"거기가 어딘데? 그리고 누구냐고?"

"얼굴 봤어요. 또, 말했잖아요. 청담동 723-1이라고!"

"청담동이 애들 장난이야? 그게 말이 돼? VIP들이 왜 가정집에서 놀아? 호텔로 빠지지. 증거가 있어? 어떻게 니 진술만 믿고 수사를 확대하냐."

"그래도 청이 진짜 리더가 아니라고요. 오빠는 그냥 운전만 했어요."

"운전만 한 새끼가 가출한 애들 감금하고 강간하고 그러냐."

"그게 아니라."

"됐다. 살다 보면 누구나 억울한 게 있어. 지금은 너만 억울하고 불쌍한 것 같지? 다른 사람들도 알고 보면 다 불쌍해. 네가 잘못 말해서 수사 규모 커지면 억울하게 형사처벌받는 사람만 늘어날 테고. 잘못한 증거가 분명한 사람에 한해서만 벌을 주자는 게 법의 취지이고, 사회정의야. 헛소리

그만하고 재판 가서 네가 어떻게 맞고 감금당했는지나 진술 잘해."

계장의 말은 너무 교과서적이어서 교과서를 읽거나 수업을 듣지 않은 예지에겐 너무 높은 벽이었다. 그저 눈물을 되삼키는 수밖에 없었다.

언론에서 보도한 바에 따르면, 이 사건은 가출한 청소년들의 끔찍한 실태를 보여주는 사례였다. 예지가 처참하게 폭행을 당한 그 파티에 대해서는 세상에 알려지지 않았다. 사람들은 아직 만 14세도 되지 않은 어린아이들이 속해 있는 범죄 조직의 행태에 대해 분노를 토했으며, 그런 아이들은 인간이 아니라 악마의 종자일 거라고 단정 지었다. 수사도 그렇게 종결되는 분위기였다. 형사계장이 이 사건 이후 승진도 하고 강남에 아파트도 장만한 사실은 잘 알려지지 않았다. 예지는 진실을 아무 데도 털어놓을 수 없어 몹시 답답했다.

예지가 신도림 지하방에 찾아간 것은 며칠이 지나서였다. 지하방은 온통 어질러져 있어 엉망이 되어 있었다. 세간살이 어느 것 하나 무사한 게 없었다. 컵라면과 소주, 닌텐도 게임기, 대포폰으로 사용하다 버린 하나같이 액정이 깨진 휴대전화, 피우다 만 담배, 누가 부쉈는지 산산조각이 난 유리창 파편, 콘돔, 생리대, 두 동강 난 노트북, 누군가의 발에 밟혀 짓뭉개진 튜브형 화장품……. 지하 원룸은 폭탄이라도 맞은 것처럼 무너져 있었다.

현장검증에 가까운 진술을 요구하는 계장과 다른 형사들의 채근에도 불구하고 예지는 방으로 걸어 들어갔다. 그리고 정화와 함께 얼굴을 마주 보고 웅크리고 앉아 있던 그 자세 그대로 방 한구석에 웅크렸다. 그러고는 벽을 바라봤다. 담배 연기에 찌든 벽지, 아무 뜻 없이 만들어놓은 칼자국, 삐뚤빼뚤한 글씨체로 적어놓은 깨알 같은 낙서들이 어른거렸다.

판타지에 근접한 상상력이 굳이 필요 없었다. 약을 하지 않아 금단증상이 일어난 탓에 수전증에 걸린 환자처럼 심하게 떨리는 손을 억제하지 않아도 상관없었다. 흔들리는 동공 탓에 찢어진 도배지에 적힌 글의 의미를 파악하는 데 어려움을 겪어도 개의치 않았다. 예지는 알 수 있었다. 느낄 수 있었다. 희미한 빛살 하나 스며드는 게 자연광의 전부인 지하 원룸 방구석에 틀어박혀 뭔가를 계속 적을 수밖에 없던 아이들의 숨 막히는 서글픔을 예지는 분명히 실감할 수 있었다. 끊임없이 소리치거나 흐느끼고 훌쩍이던 아이들. 어떤 참혹한 인과에 의해 이곳까지 굴러올 수밖에 없던 초등학생 나이 아이들의 치 떨리는 독백의 기록과 똑똑히 대면할 수 있었다.

손바닥을 대면 가려질 것 같은 창문으로 갔다. 손잡이를 밀어 창문을 열어젖혔다. 밀려드는 바깥의 소음 너머로 푸른 하늘이 보였다. 햇볕이 좋았고 순한 바람이 스치고 갔다. 예지는 그 하늘을 한참 동안 바라보았다.

2

"이런 건 처음이지. 처음일 거다. 그래 처음이야."

아빠가 차를 바꿨다. 중고 BMW였는데, 시동 걸 때 엔진의 흔들림이 좀 심할 뿐이지 주행하는 데 큰 지장은 없다고 강조했다.

트럭은 더 타지 않을 거라고 했다. 앞으로 어떻게 삶을 꾸려나갈지에 대해선 별말이 없었다. 필리핀에서 건너온 새엄마와 그럭저럭 사람의 모양을 갖춰가는 한 살짜리 배다른 동생까지 뒷좌석에 태웠다. 아빠는 가족의 단합을 위해 액셀러레이터를 밟았다.

조수석에 앉은 예지가 아빠의 옆모습을 흘깃 쳐다봤다. 면도하다 만 턱수염은 여전했고, 그사이 얼굴은 뭔가에 그을린 듯 시커멓게 변해 있었다.

자신을 바라보는 걸 알아차렸는지, 자신의 말을 듣든 말든 계속해서 짖는다는 결의로 무장했는지 아빠는 오른손으론 핸들을 잡고 왼손엔 담배를 집은 채 물었다.

"가족 모두가 한마음이 되어 떠나는 여행, 괜찮지 않나?"

예지는 이번 일로 아빠가 돈을 얼마나 챙겼는지 묻고 싶었다. 일당 받는 데에만 급급한 일용직 노동자인 아빠가 딸내미를 인질 삼아 제대로 된 돈을 챙길 수 있었을지는 의문이지만 어쨌든 비록 중고라도 차를 바꿀 정도면 상당한 액수의 돈은 분명히 만졌을 거란 짐작은 가능했다. 더욱이 하루가 멀다 하고 두들겨 패던 새엄마를 무려 이틀 동안 멀쩡하게 내버려둔 채 가족이란 이름으로 여행을 제안하기까지 하지 않았는가. 이런 여유는 크든 작든 간에 제 주머니로 흘러들어온 돈이 없었다면 가당치도 않았을 것이다.

여자 아이돌의 애교 넘치는 노래가 들렸다. 화려한 비트와 중독성 강한 후렴 덕분에 누구나 듣다 보면 따라하게 될 노래였다. 아빠는 마치 애정 고백을 받은 인기남이라도 된 것처럼 좋다고 웃어댔다. 동시에 자신이 딸을 위한 최선의 배려를 했다는 듯 흡족한 미소를 지어 보였다. 싯누런 앞니를 있는 힘껏 드러내며 예지에게 말했다.

"니 또래들은 이런 노래 좋아하지? 갈 때까지 실컷 들어

보자."

　다음으로는 예지가 한때 좋아했던 남자 아이돌의 노래가 나왔다. 애시그레이색으로 머리를 염색하고 나와서 달달한 음색으로 노래하던 남자애. 싱그러운 노래를 귀에 꽂고 악마의 욕정을 견디던 지옥 같은 시간이 떠오르지 않을 수 없었다.

　"……."

　아빠는 창문을 열고 담배꽁초를 길가에 내던지며 말했다.

　"씨발, 행복이 별거야? 이런 게 행복이지. 없이 살아도 우리 가족은 존나 당당해."

*

　가족이 처음으로 찾은 놀이동산은 인천 월미도에 있었다. 야간 개장이란 거창한 이벤트 이름이 붙은 현수막이 나부끼긴 했지만 변변한 놀이기구 하나 없는 황량한 곳이었다. 현란하다 못해 유치해 보이기까지 하는 사이키 조명에 요즘 아이돌그룹과는 한참 동떨어진 2000년대 초반 댄스그룹의 불규칙한 테크노 리듬이 반복해 들리는 이곳엔, 잔뜩 녹이 슨 회전목마가 있고 바이킹의 축소판 같은 귀여운 사이즈의 흔들이 배가 허공에 아슬아슬 매달려 있었다. 이미 오래전에 가동을 멈춘 듯한 황폐한 느낌마저 감도는 놀이동산이었다. 갓 구입한 중고 BMW를 무성의하게 주차장에 처박아두고 아빠가 운전석에서 내리자 새엄마와 한 살짜리 동생 그리고 예지가 뒤따라 내렸다.

차에서 내린 예지가 어지럽고 무심한 표정과 눈길로 주위를 바라봤다. 바로 왼편으론 바다가 보였다. 바다를 면한 놀이동산답게 갈매기들이 날아다녔다. 한 떼의 갈매기들이 놀이동산으로 날아들거나 이곳저곳 방황하며 끼룩거렸다. 어떤 갈매기는 초저녁 석양을 건너가려는 듯 거칠게 날갯짓했다.

아빠를 제외하곤 아무도 신나거나 들뜬 표정을 짓지 않았다. 예지의 눈에 새엄마는 과거의 기억에서나 현재의 모습에서나 늘 공포에 찌든 얼굴을 하고 있었다. 언제 어떻게 아빠의 광기가 폭발할지 몰라 겁에 질려 있는, 그래서 언제라도 도망칠 준비를 하는 불안한 도로 위 고라니의 표정. 도주의 충동이 새엄마의 두 눈에 분주하게 일렁이고 있었다.

한 살배기 아이 역시 기쁜 기색은 없었다. 아빠도 새엄마도 아기의 이름을 예지에게 가르쳐준 적이 없었다. 뭐라 불러야 할지도 가늠이 서지 않는 아이는 항상 뭐가 불만인지 소리 높여 울거나 칭얼거렸다. 칭얼거림 끝에 오는 고요와 환한 웃음을 기대하곤 했지만, 실제로 웃는 모습을 예지는 한 번도 목격할 수 없었다. 아이는 죽을 기세로 울거나 칭얼

댈 뿐이었다. 그러다 지쳐 잠들곤 했다.

유일하게 신난 아빠의 시선이 머문 곳은 한 곳뿐이었다.
공동묘지의 분위기를 닮은 쓸쓸한 놀이동산에서 그래도 어
린 친구들이 삼삼오오 모여 서성거리는 곳. 가장 끄트머리
에 위치한 놀이기구가 있는 곳. 2000년대 댄스음악은 낡은
스피커의 조잡한 사운드이긴 했지만, 개점휴업 상태인 다른
놀이기구와 비교해 훨씬 더 강하게 들려왔다.

아빠가 예지의 손을 붙잡고 놀이동산의 클라이맥스라고
할 수 있는 그곳으로 빠르게 걸어갔다. 새엄마가 힘겹게 따
라갔다. 아빠는 한두 차례 뒤를 돌아보며 새엄마와 예지의
표정을 번갈아 살폈다. 새엄마에게도 향하던 눈은 어느새
예지에게만 고정되었다. 아빠는 비릿한 웃음을 흘렸다. 비리
고 느끼한 말도 함께 쏟아져 나왔다.

"너랑 한번 꼭 타보고 싶었다."

놀이동산에서 그나마 활발하게 가동 중인 이 놀이기구에
는 디스코팡팡이라는 이름이 쓰여 있었다. 전문성을 갖춘
듯 부스에 앉아 검은 선글라스를 쓴 DJ가 음담패설을 내뱉
으며 시간을 보내고 있었다. 예지도 심심찮게 본 놀이기구
였다. 회전축이 불규칙하게 움직이며 판을 흔들어 탑승객들
을 정신없게 만들고 있었다. 예지는 아빠가 왜 디스코팡팡

에 오고 싶어 했는지 짐작이 갔다. 아빠의 다음 말은 예지가
예상한 대로였다.

"자기 전에 유튜브에서 보던 게 여기 있네, 씨발. 유튜브
에서 봤을 땐 짧은 치마 입은 기집애들이 들썩거릴 때마다
허벅지랑 엉덩이가 다 보여서 존나 쏠쏠했는데. 근데 직접
보니 별거 없네. 물이 안 좋아, 물이."

그는 예지의 손을 더 힘껏 움켜쥐며 주물렀다. 어느새 흘
러내린 땀으로 축축해진 아빠의 손은 상한 음식을 억지로
먹는 메스꺼운 느낌을 예지에게 전달했다.

아빠는 아이를 봐야 한다는 명분을 들이대며 새엄마를 디
스코팡팡 앞 대기실 벤치에 앉혔다. 아이가 더 크게 소리 지
르며 울기 시작했다. 아빠가 눈을 부라리자 새엄마가 긴장
한 얼굴로 아이를 달래려고 자리에서 일어섰다. 한심하다는
표정을 지으면서도 아빠는 예지의 손목만큼은 놓지 않았다.
수갑을 채우듯 예지의 손을 붙잡은 채로 아빠는 디스코팡팡
이용권을 사러 갔다. 물론 예지의 의사는 안중에도 없었다.
방금 막 탑승을 끝내고 내려오는 여자아이들을 금방이라도
집어삼킬 눈빛으로 훑어보며 예지에게 말을 걸었다.

"그래도 아빠가 낫지?"

무슨 뜻이냐고 되묻진 않았지만, 예지는 잠깐 멈춰 서서
아빠가 조금 전 던진 말의 진의를 알고자 했다. 예지의 몸이

굳은 걸 확인한 아빠가 그제야 재밌다는 듯 예지를 바라보며 말을 이었다.

"이래저래 더러운 꼴 보는 것보다 아빠랑 노멀하게 하는 게 낫지 않냐고?"

늘 그렇듯이 자신을 집어삼킬 듯 위아래로 훑어보는 아빠의 눈을 예지는 한동안 뚫어지게 쳐다봤다. 날카롭게 찢어진 눈매와 다부진 하관, 검버섯으로 가득한 피부를 가진 아빠는 그냥 보통 남자였다. 버스 정류장에서도, 공장에서도, 편의점에서도 쉽게 볼 수 있는 휴대전화 하나 들고 은행 부스 안을 서성거리는 대리운전기사처럼, 택시운전사처럼, 택배기사처럼, 에어컨 설치기사처럼, 뭐든 팔아야만 퇴근길이 가벼운 영업 과장처럼, 새벽 인력시장에서 일감을 기다리는 일용직 노동자처럼, 한참 지어 올리는 아파트 공사 현장의 인부처럼 그냥 편하고 흔하게 볼 수 있는 보통의 남자.

지극히 평범해 보이는 아빠지만, 예지는 순간 뜻 모를 소름이 돋았다. 이유 없이 갑자기 몸 전체가 뜨거운 화염에 닿은 것처럼 불타는 느낌에 예지는 갈증의 고통을 호소했다.

목이 말랐다. 너무 목이 말랐지만 한참 즐거워하며 디스코팡팡 의자 위에 올라탄 아빠는 끝까지 예지의 손을 놓지 않았다. 선글라스를 쓴 노랑머리 DJ가 뭐라고 지껄이자 놀이기구의 원형 판이 서서히 꿈틀거리기 시작했다. 디스코팡팡에는 아빠와 예지 그리고 교복 차림의 여자아이들 셋, 그렇게 다섯 명이 전부였다. DJ의 노골적인 진행 멘트가 시작됐다.

"아이, 오늘 좀 물이 안 좋네요. 그래도 열심히 튀겨 볼랍니다. 아무리 어려도 여성분들이 넷이나 있는데, 이대로 시시하게 시마이할 순 없죠. 거기 아저씨! 너무 주물럭거리지 말아요."

그 순간부터였다. 예지는 디스코팡팡의 운전이 멈출 때까지 아빠의 옆얼굴에서 단 한 번도 눈을 떼지 않았다. 아빠도 놀라운 집중력으로 꽉 붙잡은 예지의 오른 손목을 놓지 않았다. DJ의 엄포처럼 원형의 기구 판은 평소보다 더한 탄력을 품고 신경질적으로 정회전, 역회전, 경사 가득한 회전을 구사했다. 고등학생으로 보이는 세 명의 여자아이는 시작부터 의자에서 튕겨 나와 이리저리 어지럽게 움직였고, 그럴 때마다 비명을 내질렀다. 아빠는 의자에 끝까지 버티고 앉아 흔들리는 그들의 몸을 멋대로 찬양하면서 야유와 탄성을 넉살맞게 내질렀다.

"씨발년들아! 중심 잘 잡아야지. 중심을!"

그리고 순간 예지가 몸의 균형을 크게 잃고 휘청거렸다. 예지의 손목을 붙잡고 있던 아빠도 덩달아 크게 움직였다.

"균형 잡아!"

208

DJ가 재밌다는 듯 선글라스를 손으로 끌어 올리며 혀로 입술 한번 대차게 적신 후 사심 가득한 멘트를 던졌다.

"오늘 반드시 이 나이 차이 많이 나는 커플, 찢어놓고 만다. 아저씨, 각오 단단히 하세요!"

"얼마든지! 이 양아치 새끼야! 어디 한번 해보자!"

아빠는 더 신이 나 예지가 좌석 밖으로 나뒹굴지 않도록 더욱 힘껏 손목을 붙잡았다. 그럴수록 DJ는 더 격렬하게 회전과 역회전 속도를 높였다. 정신을 차릴 수가 없었다. 하늘이 빙빙 돌았다. 예지는 눈앞에 보이는 풍경이 일거에 형체를 잃고 흐느적거리는 듯한 느낌을 강하게 받았다.

하지만 놀랍게도 아빠의 옆모습이 선명하게 예지의 눈에 와닿았다. 그리고 연이어 청과 함께 흰색 벤츠에서 본 영상 하나가 문득 떠올랐다. 청이 운전석에서 습관처럼 시청하던 유튜브 영상 말이다. 그중에서도 유튜버가 송곳 하나를 붙잡고 누군가의 목을 찌르는 흉내를 내던 장면. 검은 크로마키로 처리된 허공에서 벌이던 부질없는, 그러나 그 손동작만큼은 절박하고 사실적이어서 내내 잊히지 않던 그 장면이 예지의 눈에 와 박혔다.

놀랍게도 아빠의 면바지 주머니에서 유튜브에서 봤던 것과 거의 같은 크기와 모양의 송곳이 삐죽 비어져 나와 있었다. 수틀리면 주위 사람들을 협박하거나 윽박지르는 데 속

편한 무기 하나는 들고 다녀야 한다고 입버릇처럼 말하던 아빠였다. 아빠의 송곳은 예지에게 운명의 계시처럼 보였다.

예지가 자연스럽게 아빠의 주머니에서 송곳을 끄집어냈다. 아빠는 DJ와의 노골적인 기싸움에서 반드시 승리하리란 일념에 사로잡혀 난간을 억세게 붙잡고 버티느라 정신이 없었다.

"아저씨, 아저씨. 그 손 놔요. 스무 살도 더 어려 보이는데, 아저씨 범죄자 아니에요? 예?"

"씨발 새끼야! 난 절대 포기 안 해."

아빠의 푸른 정맥들이 오른편 목 전체를 화려하게 수놓았다. 유난히 시커먼 목에 불거진 핏줄이 예지의 눈에 기이할 만큼 뚜렷하게 비쳤다. 그곳에 시선을 집중시킨 예지가 이후 별다른 망설임 없이 가볍게 한 번, 두 번, 아빠의 경동맥 부위로 송곳의 날카로운 끝을 밀어 넣었다. 아주 가볍게, 허무할 정도로 가볍게 쿡쿡. 그 정도가 예지가 한 전부였다. 그리고 예지는 청이 좋아하던 유튜버가 허공을 향해 송곳 쥔 손을 휙휙 휘저으며 내뱉은 말을 즐겁게 회상했다.

"경동맥만 제대로 찔러도 사람은 그냥 죽습니다. 아저씨든, 아줌마든, 재벌 기업 회장이든, 싸움 짱이든, 김정은 같은 개쓰레기든, 마더 테레사든, 부처든 그냥 어김없이 다 죽

어요. 그걸 명심하세요, 예?"

　DJ는 선글라스를 끼고 있어서인지 아빠의 목을 타고 흐르는 검붉은 피를 물감이나 페인트로 착각하는 모양이었다. 아빠는 몸의 균형을 잃고 휘청거리더니 기구 판 위에 쓰러지고 말았다. 세 명의 학생들은 제 몸에 핏방울이 튀든지 말든지 아랑곳하지 않고 끊임없이 요란하고 상스럽게 회전과 역회전을 반복하는 디스코팡팡에 몸을 맡기며 자지러질듯한 비명으로 화답했다.

　아빠의 축축한 손에서 벗어난 순간, 예지는 마구잡이 회전을 계속하는 디스코팡팡을 뚫어져라 올려다보던 새엄마를 바라봤다. 아빠는 손으로 목에 난 구멍을 막았지만 한번 뚫린 경동맥은 높은 수압의 물대포처럼 검은 피를 사방으로 쏟아냈다. 핏줄기는 사이키 불빛의 일부처럼 요란한 궤적을 그리며 짙은 석양으로 물드는 월미도 놀이동산의 허공을 향해 솟구쳤다. DJ는 여전히 선글라스를 벗지 않은 채로 불만을 토로했다.

　"아, 씨발. 아저씨! 뭘 갖고 탄 거야? 기구 엉망으로 만들어놓으면 손해배상 청구 들어간다. 농담 아니야."

예지만의 착각인지도 모르지만, 내내 공포에 짓눌려 있던 새엄마의 눈빛에서 평온이 감돌기 시작했다. 일말의 공포심을 찾아볼 수 없는 벼락같이 쏟아진 평온과 적막이 예지의 눈에 또 다른 희망으로 와 박혔다. 약속된 시간표에 맞게 디스코팡팡의 속도가 서서히 잦아들기 시작했다. 그사이 예지는 짧은 한숨을 쉬고는 아빠의 바지 주머니 속으로 이제는 유품이 될 가능성이 큰 송곳을 돌려보냈다. 송곳이 주머니를 빠져나와 다시 원래 자리로 돌아가는 데에는 채 5분도 걸리지 않았다.

아무 일도 일어나지 않았어. 정말로.

예지는 그렇게 중얼거렸다.

* 위기에 처한 청소년을 알고 계시거나 청소년 당사자라면, 아래의 단체(기관)에 연락해 적절한 지원을 받을 수 있습니다.

청소년사이버상담센터(https://www.cyber1388.kr:447)

어려움을 겪고 있는 청소년과 보호자에게 전문적인 상담을 제공합니다. 유선전화로는 국번 없이 1388, 휴대전화로는 '지역번호+1388'을 누르세요. 가장 가 까운 지역의 청소년상담복지센터 선생님이 전화를 받기도 합니다. 카카오톡 및 문자 상담 서비스도 운영합니다.

청소년쉼터(https://www.kyci.or.kr/userSite/Local_shelter/list.asp?basicNum=1)

전국에는 청소년쉼터 132곳이 있습니다. 쉼터의 위 치와 조건을 고려해 연락하세요.

십대여성인권센터(http://www.teen-up.com)

성매매 피해 여성 청소년을 지원하는 비영리민간단 체로, 여성가족부로부터 사이버또래상담사업과 서 울위기청소년교육센터를 위탁 운영하고 있습니다.

홈페이지에서 게시판 상담을 신청할 수 있고 카카오톡(cybersatto, 10upsns), 네이트온(cybersatto@nate.com), 전화(010-8232-1319, 010-3232-1318) 상담도 가능합니다.

탁틴내일(http://www.tacteen.net/sub010201)

여성과 아동, 청소년을 위한 사회단체로 청소년성 폭력상담소를 운영합니다. 성폭력 피해 청소년에게 상담과 법적, 의료적 지원을 제공합니다. 02-3141-6191로 전화하세요. 상담 시간은 평일 9시에서 18시까지(점심 시간 12~13시)입니다. 긴급 상담이 필요한 경우 '여성긴급전화 1366'을 이용해주세요.

청소년 성소수자 위기지원센터 띵동(https://www.ddingdong.kr)

도움이 필요한 청소년 성소수자라면 누구나 편안하게 이용할 수 있는 공간입니다. 운영 시간은 매주 화요일~토요일(일, 월, 공휴일 휴무) 11시에서 21시까지입니다. 쉼터와 생필품, 식사를 제공받을 수 있습니다. 상담이 필요하다면 운영 시간 내에 02-924-1227로 전화하세요. 카톡 상담(ID: 띵동 119)도 진행합니다.

디지털성범죄피해자지원센터(https://d4u.stop.or.kr/info_consulting)

한국여성인권진흥원에서 운영하는 상담센터로 디지털 성범죄 피해자를 지원합니다. 디지털 성범죄는 동의 없이 사진이나 영상을 촬영·유포하거나 이를 빌미로 협박하는 행위, 허위 영상물 편집·합성·가공 및 반포, 사이버 공간에서의 성적 괴롭힘 등을 의미합니다. 02-735-8994로 전화하여 상담을 신청하면 피해촬영물을 삭제하고 수사·법률·의료의 영역에서 도움을 받을 수 있습니다.

한국성폭력상담소(http://www.sisters.or.kr)

성폭력피해생존자에게 상담과 심리적, 의료적, 법률적 지원을 제공하는 단체입니다. 02-338-5801로 전화하세요.

한국여성의전화(http://hotline.or.kr/home_)

성폭력 피해 여성을 위한 상담소와 쉼터를 운영합니다. 부설기관으로 가정폭력상담소와 성폭력상담소를 두고 있습니다. 02-2263-6464~5로 전화해 상담과 지원을 받으세요.

전국 성매매피해아동청소년지원센터(7개소)

- 인천센터: 032-874-8297
- 경기센터(수원): 031-244-7774
- 부산센터: 051-257-8297
- 대전센터: 042-223-3534
- 충북센터(청주): 043-257-8297
- 전북센터(전주): 063-288-8297
- 전남센터(순천): 061-753-3644

나를 모르는 사람들에게

ⓒ 주원규 2021

초판 1쇄 인쇄 2021년 6월 7일
초판 1쇄 발행 2021년 6월 10일

지은이 주원규
펴낸이 이상훈
편집인 김수영
본부장 정진항
문학팀 하상민 김준섭 김다인
마케팅 천용호 조재성 박신영 성은미 조은별
경영지원 정혜진 이송이

펴낸곳 (주)한겨레엔 www.hanibook.co.kr
등록 2006년 1월 4일 제313-2006-00003호
주소 서울시 마포구 창전로 70 (신수동) 화수목빌딩 5층
전화 02-6383-1602~3 **팩스** 02-6383-1610
대표메일 munhak@hanibook.co.kr

ISBN 979-11-6040-604-7   03810